媽祖婆乾媽

何元亨 著

序

小時候，村莊裡的媽祖廟蘊藏我童年的玩記。媽祖廟的廣場比學校籃球場還大，廣場邊有兩棵老榕樹，夏天的樹蔭下特別清涼，我們都喜歡在那裡嬉戲。偶爾也會爬爬樹，但總會被村裡的長輩制止，一來對媽祖婆不敬，二來怕跌下來受到傷害。

讀小學的時候，記得我和村裡的同學，曾經學舞獅陣頭，在媽祖遶境時，跟著媽祖婆到處去。一個全是小孩組成的舞獅團，不管到哪兒去，都會吸引眾人的目光。那時候參加舞獅團，必須先把功課寫完，才能利用晚上在舞獅團的師傅家學習。依稀記得在媽祖遶境前一個月，練習一下彼此間的默契，包括獅頭、獅尾的動作配合，鑼鼓陣的節奏練習，還有大頭僧人引導獅子的路線及走路的步伐。

我的童年，因為媽祖，更顯得熱鬧繽紛。從小，阿公、阿嬤和父母親在做任何決定前，一定會到媽祖婆面前請示。家裡有任何重要的事情，也都會向媽祖婆稟告，包括農作物收成、新居落成，還有我們兄弟參加考試及服兵役，甚至結婚等。

在這本書裡，因為媽祖婆是我的乾媽，所以我和媽祖婆的互動相當頻繁而自然，我是真的把媽祖婆當成自己的親人看待，因此，我會向媽祖婆訴說我的心事，在我做錯事時，她也會糾正我。媽祖婆請我當翻譯，當作她與村人間溝通的橋樑，更賦予我神力，和她一起解救村人的生命，維護生活環境，減輕村人的災難與痛苦。

感謝媽祖婆豐富我的童年生活，保佑我平安長大！

何元亨　于三重埔

目次

Contents

1 媽祖的乾兒子

過了暑假後，我就要升上五年級。這陣子，常聽同學聊起他們的乾媽，有的人說他的乾媽住墾丁附近，有的人說住美國，也有的說住日本……我很好奇，那我的乾媽到底是誰呢？

有一天晚餐後，我問媽媽：「媽，我的乾媽是誰啊？」

只見媽媽一頭霧水的樣子，她急著回我：「什麼乾媽？我沒給你找乾媽呀！」

聽到媽媽的回答，我失望的坐在沙發上。

看到阿嬤從廚房走進客廳，我不死心的問阿嬤：「阿嬤，我有沒有乾媽呢？」

阿嬤搔搔頭想了一會兒，突然大聲說：「有啊！你有乾媽。」

我從沙發上跳起來：「真的嗎？阿嬤，你快說……我的乾媽是誰？長得怎麼樣？住哪裡？……」

阿嬤藏不住嘴角的微笑：「哇！憨孫仔，你一次問這麼多問題，我不知怎麼回答？」

「好好好，阿嬤，我一題一題問。」我也搔搔頭接著問：「阿嬤，第一題：我的乾媽是誰？」

「媽祖婆啊。」阿嬤嚴肅的回答。

「蛤！阿嬤，你不要開玩笑，乾媽是人又不是神，而且媽祖婆那麼老了，怎麼當我乾媽啦？」我真的以為阿嬤在開玩笑。

我撇過頭看媽媽，本想獲得媽媽強力的否定，只見她聳聳肩，給我一個相當失望的答案。其實，媽祖婆我也很熟，我和同學常到媽祖廟前的庭院玩，偶爾也會和阿嬤去拜拜，只是我從來沒有仔細看看媽祖婆的樣子。可是，我總是覺得納悶：為何我的乾媽是媽祖婆？我同學的乾媽都是人啊！真是奇怪。

我皺起眉頭，呆坐在沙發上。媽媽和阿嬤兩個人七嘴八舌的討論連續劇的劇情，阿公早去睡了，爸爸還在精算買肥料的數量，弟弟還在玩他的神奇寶貝們。看起來，這個家只剩我一個人不知道要做什麼了？光想到我的乾媽是媽祖婆，我就不知道如何向同學開口提起這件事。

「齁！阿嬤，為什麼我的乾媽是媽祖婆啦？」我終於忍不住站了起來。

接著，我又轉向媽媽說：「媽媽，我想要換乾媽，我不要媽祖婆當我的乾媽。」

「呸……憨孫仔，不要亂講話。」阿嬤接連的呸了好幾聲。接著阿嬤驕傲的說：「如果不是媽祖婆救你一命，你早不在人世了。而且，你以為媽祖婆隨便給每個人當乾媽的嗎？那要連續擲出三個聖筊，才可以認媽祖婆當乾媽。」

「唉喲，可是我不喜歡媽祖婆當我乾媽啊。為什麼媽祖婆救我一命呢？」我雖不甘心，但也想問問原因是什麼？

阿嬤說給你聽：「你讀國小一年級的時候，跟隔壁的大哥哥去大安溪玩水，結果，你差點被淹死。在醫院昏迷好幾天，我們大人都快急死了，想不出什麼辦法可以救你。」

我彷彿聽到媽媽的啜泣聲，媽媽哽咽著對阿嬤說：「媽，別講了，過去就過去了。」

阿嬤似乎不理媽媽的請求，接著說：「後來，聽你的嬸婆說，要去求媽祖婆收你當乾兒子，可以讓媽祖婆保佑你平安。我和你媽真的跑到媽祖婆面前跪求她當你的乾媽。一開始，我們心急，沒辦法把你昏迷的事情講清楚，怎麼擲筊都是笑筊，媽祖婆只是微笑，不答應我們的請求。還好，廟公走近我們，聽了我們的說明，廟公向媽祖婆仔細的說明我們的請求，說也奇怪，一連擲出三個聖筊。更神奇的是，我們一回醫院，就聽到醫生說你的手指頭會動了，隔天，你就清醒過來了。」

「阿嬤，你說的是真的嗎？」我仍不死心的問。

阿嬤和媽媽點點頭。

「阿嬤，那我誤會媽祖婆了。」這一刻，我才真的以媽祖婆乾媽為榮，原來我的命是媽祖婆救回來的，我怎麼可以不喜歡媽祖婆當我乾媽呢？

我坐到阿嬤身邊，告訴阿嬤說：「明天放學後，我們去拜媽祖婆好不好？」

阿嬤破涕為笑的點點頭，用手背擦拭眼角的淚水。

隔天到校後，我迫不及待的跟同學說我的乾媽是媽祖婆，卻引來同學的笑聲：有的說怎麼可能？有的說媽祖婆怎會答應？有的說我在說謊，有的說怎不說觀世音菩薩……看起來，我的同學們還是無法接受媽祖婆是我的乾媽這件事。算了，懶得跟這些「凡人」計較，因為從得知媽祖婆是我乾媽後，我就覺得開始有一點點神力了，希望這樣的神力可以讓我躲避球打得更好，考試考得更好，什麼事都會變得更好。等乾媽給我神力後，我再看看這些「凡人」們還敢不敢笑我，想著想著，我不由自主的大笑，同學們瞪大眼看著我，頓時安靜了下來，原來是老師進教室了。

一整天，我腦海裡想著媽祖婆的樣子，想像她抱著我跟我聊天的情景，也期待今天放學後和阿嬤去拜媽祖婆。這次，我一定要好好看看媽祖婆的樣子，也要當面叫她一聲乾媽。

放學後，我把書包放在書桌上，便急著跑去廚房找阿嬤，阿嬤正忙著洗菜，她放下手邊的工作，雙手往褲子一抹，順手拿起餐桌上的餅乾，帶著我向媽祖廟走去。走進廟前廣場，有好多部汽車和機車，進廟門的大榕樹屹立不搖，我和同學也會爬到大榕樹上鳥瞰廣場的動靜。一進廟，線香味撲鼻而來，今天覺得線香味特別清香。阿嬤把手上的餅乾放在供桌上，點燃一束線香，然後帶我到媽祖婆面前，我們跪在媽祖婆面前，阿嬤口中唸唸有詞：「媽祖婆，我帶我的憨孫仔……」我瞄了阿嬤一眼：「齁，阿嬤，我不是憨孫仔啦。」阿嬤嘴角泛起一絲笑容：「媽祖婆，我帶我的金孫仔來向您請安，拜託您保佑我的金孫仔身體健康，考試一百分……」

等阿嬤說完，輪到我瞇著眼說：「敬愛的乾媽，我本來是不喜歡您當我的乾媽的，後來阿嬤說您救我一命，我非常感謝您。可是，我的同學都會笑我在吹牛，他們說哪有媽祖婆當乾媽這種事，那我就不知怎麼跟他們說。為了讓他們心服口服，只好說乾媽會給我一點點神力，明天去學校，他們一定會問我到底得到您給的神力了嗎？可以拜託乾媽，給我一點點神力，一點點就好，拜託！」

我張開眼看著媽祖婆的臉，好久好久，看得我頭昏眼花，應該是聞線香的味道聞太久了，媽祖婆竟然對我微笑，我嚇一跳，趕緊揉揉眼，不敢相信看到的現象。我使勁的再看一次，媽祖婆真的對我微笑，我用力拉阿嬤的衣角：「阿嬤阿嬤，媽祖婆在笑，媽祖婆在笑。」

阿嬤摸摸我的額頭說：「憨孫仔，你沒有發燒啊！別亂講話。」

「有，真的有，我看到兩次，媽祖婆對我微笑。」我急著解釋，可惜，阿嬤還是不相信。我再度抬頭看媽祖婆，這次，她不笑了，我好失望。

拜過媽祖婆，夕陽已西下，我落寞的跟著阿嬤回家。

整個晚上，腦海中不斷浮現媽祖婆的微笑，直到沉沉的睡去。

2 傳授神力

睡夢中，我彷彿聽到有人喊我的名字，我一直以為是在做夢，完全不理會那聲音，但聲音越來越大，恰巧我尿急，正想起來上廁所。果真有人喊我的名字，我趕忙開燈，不見人影啊！到底是誰？我開始覺得有點害怕，原有的尿意也嚇得不見了。

「柏勳，我是乾媽，別害怕！」這聲音就真的很清楚了。

我環顧四周，還是不見人影，真是奇怪，乾媽？該不會真的是媽祖婆來了，難道乾媽聽到我想要擁有一點點神力的請求。心想，如果真的是這樣，天亮後，到學校上課，就不必怕同學笑我了。

我硬著頭皮回應：「乾媽，您在哪裡？我看不到您。」

「你把眼睛閉上，我就會出現在你面前，別嚇一跳啊！」乾媽的聲音相當甜美。

我照乾媽的話做，閉上雙眼。

同時，聞到線香的味道，過一會兒，又聞到香水味。有一雙溫暖的手在我的臉頰上游移，並輕聲的

說：「柏勳，張開眼，乾媽來了。」

其實，說不怕是騙人的，我張開眼，乾媽的長相就跟媽祖廟裡的媽祖雕像一模一樣。眼前所見，好像在做夢，可是，乾媽的雙手又那麼溫暖，讓我不得不相信這是真實的。乾媽親切的抱抱我，這種感覺跟媽媽抱我的感覺有些不同，乾媽衣服上的墜飾和布料扎痛我了，但我不好意思說，只好強忍著。

「乾媽，您可以傳授我一點點神力嗎？不然，天亮後去學校，我一定會被同學笑死。」我鼓起勇氣說。

「對，乾兒子，我就是特地來傳授你神力的。但是，你一定要保密我到凡間來，而且，你不可以亂用神力，只有在危急的時候，或者要救人的時候，才可以使用神力。」乾媽臉上掛著微笑。

我點點頭說：「可是，要怎樣證明我的神力給同學看呢？」

乾媽維持一貫的慈祥面容，並且拿出一臺iPad：「來，先設定並輸入你的帳號密碼，我要把你輸入具有神力的乾兒子資料庫。」

「哈……真的假的？神仙也用iPad喔，真的好奇怪啊！那……哈……乾媽，您到底有多少個具有神力的乾兒子啊？」我笑得蹲了下來。

乾媽把iPad遞到我面前，示意要我輸入帳號和密碼，我便輸入臉書的帳號與密碼。然後，她笑著說：「我的乾兒子遍布海內外，到底有多少個，我也記不清，但是具有神力的乾兒子應不超過一百個，分布在臺灣各地，可是，神力有約定使用次數限制，每個人只能用三次，若真的還需要，就必須到廟裡來拜我，但我會視情況決定要不要續約。如果有人濫用神力，造成別人不便或者傷害別人，我會主動刪除他的帳號密碼，而且會給他一些懲罰。」

「那……我就無法在同學面前展現我的神力了。」我相當失望。

乾媽摸摸我的頭說：「傻孩子，給你神力，是要讓你幫助人的，不是要給你炫耀的。」

我真的對乾媽太失望了，連這個讓我在同學面前炫耀的機會都不給我，不給就算了，還在那邊……可是，我總得弄懂如何進入使用神力的程序啊！

「乾媽，那我要如何使用神力呢？」我抬頭看乾媽。

「這簡單啊！我在你的左手掌心裝入隱形的iPad，並且預先輸入帳號，你只要用右食指按住左手掌心三秒鐘，並在心裡默唸密碼，就可以開始使用神力了。我再叮嚀一次，只有在危急的時候才可以用神力，不然我會取消你的神力。」乾媽邊說邊拉起我的手示範。

我點點頭，雖然有點失望，但是要遵守約定。天亮後到學校去，不知同學會怎麼問我「神力」這件事？算了，想破頭也沒用，到時候再說。乾媽跟我道別後，我上完廁所，再鑽進被窩裡睡覺。

3 初試神力

一早到教室，就被一群同學圍著問：「你的神力呢？給我們看一下。」我揮揮手，急忙否認我有神力，因為不敢違背和乾媽的約定。

我的死對頭志忠開始大笑：「就說嘛，哪有什麼神力？愛騙人，愛騙人，柏勳是大騙子，哈……」

圍在我身邊的同學一個個離開，只剩我的好朋友富然陪我，他拍拍我的肩膀，要我別理會志忠的嘲笑。我是有點嘔啦，明明就有神力，還要被同學挖苦。沒想到，同學散去後，各自回到座位上，還在繼續討論我有神力是騙人的這件事。志忠還帶頭一直笑，本來相信我的人，自認為跟我很好的人全站在志忠那邊，我的頭低得不能再低了，只好趴在桌上假裝睡覺，但兩隻手臂明顯感覺溫潤的淚水滑落。

「起立，敬禮，坐下。」聽到班長喊口令，我無精打采的站起來，站起來的同時，順手拭去眼角的淚水。

老師似乎也看到我泛紅的雙眼，他看了我一眼，沒說什麼，就繼續上課了。整節課，我根本沒心情聽課，我趁老師不注意，在我的筆記本上亂畫亂寫：畫的是乾媽，寫的是「神力」二字。我不斷問自己：「要不要毀約？展現神力給同學看。」真是煩死我了。

下課鐘一響，我馬上約死對頭志忠到廁所聊聊，富然見狀跟著我們進了廁所。

才走到門口，我便急著說：「志忠，我真的有神力，你不要再說我騙人了！」

「哈……聽你在鬼扯，哪有什麼神力？看你一副弱不禁風的樣子，可想而知，媽祖婆根本就不是你的乾媽，更不可能賜給你什麼神力啊！我不相信，除非……」志忠咄咄逼人的樣子，真是令人討厭。

「除非什麼？除非什麼？你說！你說啊！」我大聲咆哮。

「除非你展現神力給全班看，不然，我不會相信你說的話。」志忠撇過頭去。

我氣得咬牙切齒，心裡OS：「真的要逼我！可惡！」

我回過頭說：「富然，你相不相信我？」

只見富然點點頭，然後把頭低了下來。看樣子，連好朋友也懷疑我說的話了。當我想追問時，隔壁班的同學綽號黑狗和一群人進廁所，劈頭就問：「你們在談判啊？來啊！我一個打你們三個。敢不敢？」我一個箭步向黑狗衝過去，頭頂住他的胸口，他聞風不動，站得直挺挺的，然後用力頂我的頭，一反彈，我跌坐在地上。富然趕緊扶我站起來，黑狗笑著離開廁所，志忠也悻悻然離開。我簡直快氣炸了，老虎不發威，竟當我是病貓。

上課鐘響，我和富然回到教室，又瞄見志忠在座位上對著我做鬼臉，心中的無名火燃燒得更旺盛。我告訴自己：「不要生氣，就用行動來表示吧！等下課，等下課，你們就知道我的厲害了。」我心裡下了決定，下課時間，我要用神力讓全校的師生玩「假人遊戲」，但是我班上的同學不必玩，只要睜大眼睛看就可以了。唉！真希望早點下課，讓大家見識一下我的厲害。真是奇怪，明明四十分鐘的課，怎麼好像過了四小時那麼久，我偷看掛在黑板上的時鐘，感覺看到秒針一直順時針移動，分針反而沒有明顯的移動，真是急死我了，難道，連時鐘也在嘲笑我啊！

「噹……」我被鐘聲嚇醒，終於下課了，等老師走出教室。

我大喊：「志忠，你不要走，還有同學們都不要離開。」

志忠狠瞪著我，帶著戲弄的語氣說：「你又要幹嘛啊？媽祖婆的乾兒子，哈……」

我衝上講臺：「同學們，我真的有神力。」

講完這句話，同學們都笑翻了。但我繼續講：「大家不要笑，安靜下來，等一下，我會用神力讓全校師生玩假人遊戲，但是你們要躲在我的視線後面，才可以看到我發揮神力的景象。」

「真的假的……」同學們議論紛紛。

「你該不會又騙人吧？哈……」這時候，換班長提出疑問了。

我心更急了：「好好好，各位同學，這次是真的，我保證一定讓大家看到我的神力。現在，請大家跟著我走吧，我們到操場去，但記得不要走到我的前面。」

操場上人山人海：有的打躲避球，有的跳繩，有的跑步。我向後轉，示意大家停下腳步，注意看著操場上的人。我攤開左手掌，用我的右手食指壓住左掌心三秒，默唸隱形iPad的密碼，刻意大聲的說：

「除了我班上的同學外，在我周圍的人全部變成假人。」說時遲那時快，黑狗正丟出躲避球，躲避球就這樣暫停在空中，在操場上的人全部靜止不動。

我的背後「哇」聲不斷，又聽到窸窣的議論聲，我想：同學們都見識到神力了。為了讓自己更帥氣點，我走到黑狗面前，捏捏黑狗的臉，兩手搓揉他的臉，不斷的變換各種形狀。後面的同學都笑翻了，現在，大家應該知道我的厲害了吧！我昂首闊步如驕傲的公雞，帶著同學們慢慢走回教室。一路上，同學的歡呼聲不斷。

「柏勳，請問操場上的假人何時可以恢復正常啊？」這是志忠第一次這麼客氣對我說話。

「再過五分鐘，就恢復正常了，別擔心。」我回答。

第一次感受到當「英雄」的滋味，原來被大家包圍著的感覺真的是太開心了，感謝乾媽賜給我的神力。

4 媽祖婆的懲罰

今天，在同學面前展現神力後，我成了所有人的偶像。希望每天都像今天一樣，同學們都圍繞在我身邊，把我當成偶像崇拜。其他班的老師還半信半疑的來問我們班同學，這件事到底是真的還是假的？看來老師還想再玩一次「假人遊戲」，但我的神力餘額只剩兩次，要省著用，下次就要用在危急的時刻了。這一次，只是要證明我有神力而已，希望乾媽可以諒解。

乾媽傳授我神力的同時，有警告我只能在危急的時候施展神力，但是，我卻沒有遵守約定。放學途中，我便開始擔心，濫用神力後，乾媽會怎樣懲罰我？真的有點擔心乾媽取消我的神力。我先來沙盤推演一下，萬一，乾媽真的要取消我的神力或要給我懲罰時，該如何求情呢？會不會乾媽一生氣，不認我這個乾兒子了。

夜悄悄來臨，乾媽也快下班了，跟上次碰面一樣，也許是在半夜。我的心怦怦跳，等我上床後，乾媽就會來找我了，後果不知會變得如何？睡夢中，感覺自己累得打起呼來，空氣中彷彿飄來陣陣線香味，一下子就感覺有人坐在我的床邊，也嗅到脂粉香。有一隻溫暖的手撫摸著我的臉，並傳來一聲聲：「乾兒子，醒來……」我以為在做夢，沒想到一張開眼，乾媽就坐我床邊，慈祥的看著我。大事應該不妙了，我以為乾媽會像媽媽這樣痛罵我一頓。我坐起來靠在床頭，刻意裝傻說：「乾媽，您怎麼來了？」

「乾兒子啊！你忘了我們的約定，我覺得很遺憾，枉費我這麼相信你，甚至還想要收你做我的嫡傳弟子，可是，你今天濫用神力的表現，讓我失望透頂。」乾媽的語

氣很平緩，但表情相當嚴肅。

「乾媽……其實我只是要讓同學知道我有神力而已，我不是故意要違背我們的約定。」我急著解釋。

「傻孩子，我必須收回你的神力，刪除你的帳號、密碼，並且給你一些懲罰，因為你洩漏了天機。」乾媽依舊一貫的慈祥。

我低頭不語。此刻，好像接受老師處罰一樣，卻又盼老師從輕發落，類似口頭警告這種不痛不癢的處罰。可是，收回我的神力就是最難以彌補的處罰。從此，我再也沒有機會在同學面前炫耀了，「一日偶像」算是空前也絕後了。

「乾媽！拜託……可以再給我一次機會嗎？下次，我不敢了，不會再濫用神力了。」想到「一日偶像」的神氣樣，我趕忙轉換成跪姿，跪求乾媽不要收回我的神力。

我抬頭看見乾媽露出靦腆的笑容，「靦腆」二字是我最近才學的新詞，而且老師還要我上臺表演靦腆的笑，臺下的同學都笑翻了。想到這事，逼得我都想笑出來。

「傻孩子，其實，我對你相當失望，本來還計畫讓你當我和信徒之間的翻譯。現在，我後悔了，因為你不守信用。」乾媽很嚴肅的說。

看來，乾媽真的吃了秤砣鐵了心，我只好默默的跪著，偶爾抬起頭偷瞄一下乾媽，不敢再多說什麼。內心期盼乾媽回心轉意，再給我一次機會。

乾媽靜靜的坐在床邊，目不轉睛的看著我，至少在我偷瞄的時候。跪了一段時間，膝蓋有點痛，真想再轉換成坐姿，但不想放棄努力讓乾媽回心轉意的念頭。可是，這樣的僵局，要如何化解？該不會乾媽和我要僵到天亮吧，那我膝蓋可慘了。

「傻孩子，剛剛我想了一下，有件事還是要你幫忙。」乾媽終於說話了。

我心裡OS：哪是「一下」，根本就是很多下，我跪好久了。我抬頭說：「好啊！乾媽，我答應您，請您給我一次將功贖罪的機會。」

「哈！真是傻孩子，你知道我說什麼事嗎？」乾媽終於笑了。天曉得什麼事？反正，只要讓我再度擁有神力就好，什麼事都可以啊！

「那……乾媽，我可以坐起來嗎？膝蓋好痛啊！」我見乾媽點頭後，吃力的轉換成坐姿。

「孩子，這次你真的要守信用啊！我們特別有緣，所以，我可以原諒你一次。我說要請你幫忙的這件事會在暑假發生，那時候，強烈颱風會侵襲臺灣，我們這村莊臨大安溪，當溪水暴漲，漫過堤防時，全村就會陷入淹水的景象，甚至潰堤淹沒整個村莊，後果不堪設想。在事情發生之前，我會請你當翻譯，把我要交代村人的話說給他們聽，而且要請你協助我解救村民。」乾媽皺著眉。

我心想，若有神力，遇上颱風這件事應該難不倒我的。翻譯就更簡單了，我猜媽祖講的話只有我聽得懂，所以需要翻譯，就像前陣子，學校來了日本小學老師團，也有一個負責中日文翻譯的叔叔，每當校長講了一段國語，就會有另一段的日語。

「那……乾媽，我的神力呢？什麼時候可以復原？」我提起勇氣問。

「嗯……等颱風快來時，我再讓你恢復神力，但只剩下兩次，因為你已經濫用過一次了。好吧，就

這樣吧！我要回天庭了，你繼續睡吧！需要你幫忙翻譯時，我會主動來找你。你到學校後，就別再談起神力及颱風侵襲這兩件事了，好好讀書吧！」乾媽先是乾脆的說，後來又嘮叨了一堆。

我確實累了，跟乾媽告別後，倒頭便睡。

5 聽乾媽的話

折騰了一個晚上，昏沉沉的起床準備上學，途中，才驚覺忘了帶聯絡簿，這下又要被老師叨唸了。

我自認為在班上表現相當平凡，可是我也不會作怪，努力做好自己的本分。我的專長也不多，跑步也平凡，成績也普通。不過，我倒是有個不服輸的個性，凡事都盡力去做。當然，我也會看不慣強欺弱的行為，或者同學不投入班級活動等等。昨晚，答應乾媽不再提神力的事，我知道會惹來許多同學嘲笑與諷刺。剛剛在上學途中，我就告訴自己，不管同學說什麼話，或是公開嘲弄，我都要鎮靜，絕對不能動怒。

果然，一進教室，同學又圍著我問：何時再使用神力給他們看？我搖搖頭微笑，不敢多說什麼。我自顧自的拿出鉛筆盒和課本，安靜的坐下來，同學們吱吱喳喳的聲音不間斷，反正，就當他們是窗外的麻雀就好了。

「ㄟ，別太囂張，大家問你話，怎麼都不回答啊？不要以為你乾媽是媽祖婆就了不起喔。我才不怕你。哈……」志忠又開始挑釁我了。

唉！還記得他昨天尊重我的模樣，今天完全變了調，懶得理他了，我只要保持沉默，他就會自討沒趣。

一直到老師進教室，大家才乖乖的回座位，我沒帶聯絡簿被老師唸了一下，褪去偶像的光環，今天應該是落寞的日子。等待下課的時間真是漫長，但下課時，又可以去哪兒呢？

「噹……」鐘聲響，第一次感覺下課鐘聲好刺耳，全班同學全衝出教室外，我站起來活動一下，連廁所也懶得去，應該說不敢去才對。過了一會兒，窗外走廊擠滿人，彷彿聽到討論我神力的事情，真的是不想也不敢面對啊！

老師也知道這件事，但他不想再增加我的困擾，只問我需要幫忙嗎？真想回答他，幫我挖個地洞吧，讓我順利的躲到洞裡去。後來，老師走到走廊，請圍觀的人都離開，我忍不住尿意，快步衝到廁所，結果一進廁所，又要面對同樣的問題：你何時要再次施展神力？煩都煩死了，我都沒地方躲了。真想請假回家算了，至少不必忍受那麼多人的指指點點。

上完廁所走回教室，老師要我搬張椅子，坐在他的辦公桌旁。仔細的問我有關「神力」擁有和消失的經過。我一五一十娓娓道來，老師的表情倒也豐富，時而驚訝，時而皺眉。談到後來，老師願意在上課時跟全班說明這件事，並且要大家別再追問「神力」這件事，讓一切及早落幕，趨於平淡。

上課鐘一響，那是我期待的聲音。我趕緊回到座位上，隱約感受到經過我座位的同學都瞄我一眼，我不敢抬頭看，希望這樣的日子早點過去，或者再回到過去，我從沒有神力的日子。

老師要大家把桌面收拾乾淨，要求大家坐好並閉上眼睛，然後要大家照著老師的口令深呼吸。教室內的空氣似乎凝結了，連呼吸聲都可以清楚的聽到，一開始不知道老師要做什麼，後來猜想應是要跟大家說我的「神力」事件。

全班屏息以待，老師終於開口了。

「各位同學，昨天，我們非常幸運的見證柏勳擁有神力的模樣，雖然假人遊戲一下子就結束了。我們或許覺得不過癮，但我們都要感謝媽祖婆讓我們大開眼界。昨天晚上，柏勳的乾媽，也就是媽祖婆，責備柏勳沒有把神力用在危急的事情上，就取消了他的神力。今天，我看大家都有點失望，一直希望柏勳再次展現神力。老師要告訴大家，神力這件事到此為止，不要再問柏勳這件事了。等一下，我們就讓一切恢復正常，就當作是一次美好的回憶就好。放學後，還有，從明天開始，只要還有別班或其他年級的同學問起這件事，請你說明這件事就當成美好的回憶，不要再提了。這樣，大家做得到嗎？」

全班異口同聲：「做得到！」

「好好好，那就請大家睜開眼睛吧！我們開始上課。」老師接著上最後一節課。

謝謝老師幫我解圍，今天應是我有生以來最難熬的日子了，真的希望像老師說的：一切恢復正常。

放學後，我約富然一起回家，不過，一路上也沒聊上幾句。因為，我還得注意放學途中到底還有多少人在對我指指點點。

我心裡默唸：「乾媽，請保佑我，明天一切恢復正常吧。」

6 惡霸地主

星期三中午放學後，回家的路必須經過媽祖廟，遠遠的便看到媽祖廟前廣場，停了一部怪手，一部大卡車。怪手和卡車周圍擠滿人，喧鬧的聲音迴盪。我忍不住好奇，慢慢向人群移動。我被人潮推擠到外圍，就算踮著腳尖，也很難清楚的聽到怪手周圍的人說些什麼，只知道許多喧鬧的聲音，村人大都在廣場集合了。

這時候，如果我有神力就好了，可以縱身一跳，跳到怪手或卡車上頭。在幻想同時，有一隻手搭在我的肩上，我回過頭，原來是阿公，我拜託阿公牽我走近怪手，瞧瞧發生什麼事？我想盡辦法鑽進人縫裡，看到住在村尾的阿碰仔叔公，正大聲的跟一個人對罵。阿碰仔叔公可是媽祖廟的廟公，有時候，我們在廣場爬大榕樹，還被他罵過。和阿碰仔叔公對罵那個人，我就沒見過了。

我拉拉阿公的手問：「阿碰仔叔公在跟人家吵什麼？」

阿公摸摸我的頭：「就這個廣場的事，本來那個人的阿公把土地捐出來蓋媽祖廟前的廣場，當初沒有過戶給媽祖廟，後來看到土地飆漲，就後悔捐這塊廣場的土地給媽祖廟了。」

接著，阿公比「噓」的動作要我別問了，注意聽看看他們在吵什麼。

「你這個不懂事的少年仔，你阿公捐土地給媽祖廟是眾人皆知的事，而且媽祖婆也很開心的給你阿公三個聖筊。你現在找怪手和卡車來，把廣場堆成一壟壟的菜園，你啊，真的會被媽祖婆責罰！不信的話，你就等著看吧。」阿碰仔叔公連珠炮的開罵。

「阿碰仔叔公，這塊地是我們家的，沒有過戶給媽祖廟，在法律上，我們家擁有這塊土地的所有權。你若不信，問問旁邊的警察大人。媽祖婆是神明，她也應該講講道理才對，不會強佔信徒的土地。」那地主毫不示弱。

不知什麼時候，連警察都走近怪手旁了。阿碰仔叔公跟警察交頭接耳一段時間。

「你說什麼？媽祖婆強佔你家的土地？你回家去祖宗牌位前擲筊問你阿公看看？當初，你阿公在媽祖婆面前大方捐出土地，大部分的村人可以作證，張家怎麼會出你這個不肖子孫，敢把捐出來的土地要回去呢？你爸爸和媽媽也知道這件事。回去問清楚點，你這個不肖子孫。」阿碰仔叔公面紅耳赤的說。

地主嚴肅的說：「捐土地是我阿公的事，何況沒有過戶，當然這塊土地還是我家的。」

地主走近警察，跟警察交頭接耳了一段時間。我看到一個警察拿起大聲公說：「各位鄉親，廣場這塊地的地主張武雄先生，現在要繼續整理這塊土地，請鄉親離開，我們要負責保護張武雄先生雇來的怪手繼續整地。如果有不配合離開現場的鄉親，我們會依法告發並帶離現場。」

當警察說完這段話，村人罵聲連連，卻又不甘願的離開廣場，退回媽祖廟。阿碰仔叔公帶著大家進廟，點燃一把線香，分送給村人，我也分到一支香。然後，阿碰仔叔公向媽祖婆告狀，把地主惡霸的行為一五一十的說出來，我也在心裡說：「乾媽，您要快點出來主持公道，若需要我幫忙，晚上要來找我喔。」

廟內人聲鼎沸，廟外隆隆聲響，一折騰，都快下午兩點了，我肚子餓得慌，丟下阿公，我先跑回家吃飯了。

回到家，阿嬤一直問我媽祖廟發生的事，我邊吃飯邊描述，阿嬤也聽得火冒三丈，不斷的喃喃自語：「不肖子孫……」

這件事，我倒也覺得奇怪，捐都捐了，怎麼可以後悔再要回來呢？就像我送橡皮擦給雅雯，我就不會後悔要回來啊！那個地主真沒風度，和全村的人為敵，也和媽祖婆作對。不知道乾媽知道這件事後，會不會很生氣呢？

期待夜晚來臨。

吃過晚飯後，阿公、阿嬤、爸爸和媽媽依舊聊著白天在媽祖廟發生的事情。弟弟聽不懂，一直插嘴，我索性帶他到房間去玩神奇寶貝。即便關上房門，依舊可以聽到阿公激動的罵那個地主，爸爸跟媽祖婆的感情沒像阿公那麼堅定，比較少聽他跟著罵。

等弟弟玩累睡著了，我也溜回房間睡，希望今晚可以見到乾媽，我真的想看看乾媽生氣的樣子。

半夢半醒之間，又聞到陣陣熟悉的線香味，接著是脂粉香，一雙溫暖的手在我雙頰上游移。

我揉揉眼：「乾媽，您來了！白天……」

「傻孩子，我都有看到啊！」乾媽保持一貫慈祥的笑容。

我急著說：「乾媽，您不會生氣啊？」

乾媽收拾起笑容：「嗯……我是覺得遺憾，貪心是凡人的本性，以前的土地較不值錢，哪知道這些年土地飆漲，讓張武雄動了貪念，違背他阿公當初捐土地的好意。傻孩子，明天放學後，你到廟裡來一趟，擔任我的翻譯，到時候，我會附身在廟公身上，你再轉達村人我要說的話。」

我點點頭：「乾媽，那您要說什麼？」

「噓……天機不可洩漏啊！」乾媽比了「噓」的手勢。

乾媽交代好明天的事，隨即消失無蹤，我繼續睡回籠覺。

7 媽祖下凡

隔天，放學後，依約到媽祖廟，廟前廣場已變成菜園，是一片非常奇怪的菜園。廣場是水泥地，地主用大小不一的石頭砌成一壟壟長方體容器的模樣，然後在容器內鋪滿泥土，菜苗整齊排列種在泥土裡。這樣的菜園，和阿嬤田裡的菜園截然不同。我要進媽祖廟前，看到地主悠哉的拿著澆水桶在一壟一壟間來回澆水，也有許多人站在廟門前，狠狠瞪著那地主。

為了昨天的事情，很多村人忿忿不平，也到媽祖廟來關心事情發展的後續。大家擔心廣場不見了，以後媽祖婆進香，陣頭根本就沒地方可以展演，其他鄉鎮的媽祖廟進香團，更沒有適合的場地可以停放遊覽車。

有一個自稱是張姓地主的親戚忿忿不平的和大家說廣場先變成菜園後，再變更登記成建地，最後就可以和建商合作蓋房子出售，肯定可以大撈一筆。聽到這樣的理由，大家有種恍然大悟的感覺。

阿碰仔叔公聽到這樣的理由，更是暴跳如雷。口中喃喃自語，不斷重複「不肖子孫」四個字。不過，阿碰仔叔公不愧是媽祖婆最信任的人，一下子就恢復他原來慈祥的樣子。我看阿碰仔叔公慈祥的容顏，說不上來的感覺，就是和乾媽有點神似。阿碰仔叔公點燃一束線香，發放給在場的村人，只聽他再度向乾媽告狀，除了把昨天的話再講一遍外，又把剛聽到的消息加了進來。我抬頭看看乾媽的臉，依舊慈祥和善，倒是左右兩側的千里眼和順風耳，眼睛瞪得像銅鈴般，嘴巴也張得好大，似乎要罵人前的準備動作。

阿碰仔叔公把大家的線香收齊後，整齊的插進香爐裡。突然間，他連續發出類似嘔吐的聲音，我第一次看到這樣的景象，也嚇了一跳，但立刻回過神來，想起昨晚乾媽說要附身在廟公身上，然後要我當翻譯的事情。

阿碰仔嬸婆高聲喊：「快快快，媽祖婆要附身了，大家雙手合十，保持安靜。」

此刻，只見阿碰仔叔公雙手撐住供桌，半閉上眼，搖頭晃腦的發出奇怪的聲音。彷彿我聽到乾媽的呼喚，乾媽要我準備翻譯。阿碰仔叔公不停說話，眾人皆如丈二金剛摸不著頭腦，不知道他說什麼？

這時候，有一股力量牽引著我走到阿碰仔叔公身旁，他停止搖頭晃腦，開始說話。

阿碰仔叔公說了一段話。

我接著說：「我是媽祖婆，請大家注意聽。」

眾人驚訝的看著我，發現我是媽祖婆的翻譯。

接下來，阿碰仔叔公說了好長的一段話，旁人都急著問我：「媽祖婆說什麼？媽祖婆說什麼？」

我拉長耳朵，感覺自己快變成順風耳了，注意聽阿碰仔叔公說的話，不，是乾媽說的話。

等阿碰仔叔公停止後，我扯開嗓門說：「各位信徒，我知道昨天的事情，大家非常生氣，我希望大家不要傷害彼此的和氣，更不要去傷害張武雄。其實，我知道他在中國做生意，最近遇到一些困難，才會想到他阿公捐給媽祖廟的這塊地。」

乾媽真的是太仁慈了，難怪她是神，我們是人。

接著，阿碰仔叔公又開始說一段話。

我接著翻譯：「今晚，我會派千里眼和順風耳兩位將軍去找張武雄，相信明天會有好消息傳來。」

阿碰仔叔公身體顫了一下，就張大眼看著我，他也許不知道剛才被乾媽附身。眾人議論紛紛，甚至開心的說：「張武雄要被兩位將軍責罰了，明天應該就有好戲看了。」

村人沒有忘記我擔任翻譯的功勞，圍著我問：「怎麼會跟媽祖婆有這麼好的交情？」

我一直點頭微笑，不敢多說，深怕又講錯話，讓乾媽為難了。重點是怕惹乾媽生氣，不願恢復我的神力。

今天，最感到驕傲的應該是我的阿公，每個村人都要誇讚他一下，村人都說「只有做好功德的人家，才會有福氣擔任媽祖婆的翻譯」之類的話，阿公可開心得笑不攏嘴，我猜，他應該以我為榮！

8 進擊的將軍

從廟裡回到家，阿公驕傲的跟阿嬤還有爸爸、媽媽說我的表現，真的是光宗耀祖。弟弟插嘴問：「什麼是光宗耀祖？」爸爸笑得可開心了，也簡單的向弟弟解釋，就是我的表現，讓我們家走起路來都有風。可是，弟弟又追問：「為什麼走路會有風啊？」這時，全家人都開懷大笑。

當乾媽的翻譯真是光榮，全村莊就只有我聽得懂媽祖婆說的話，這樣的感覺跟擁有神力一樣。乾媽說晚上會派千里眼和順風耳去找那地主，不知道會不會再派我當翻譯呢？真希望可以跟兩位將軍去看看。

深夜沉睡，如做夢般，千里眼和順風耳兩位將軍到房間來，輕輕的搖醒我，睡夢中突然看見兩位將軍，讓我受到一點點驚嚇。不過，兩位將軍表明來意：媽祖婆要我跟著一起去找地主張武雄，了解一下這塊土地處理的情形，明天，才可以在擔任媽祖婆翻譯時，清楚的表達。我二話不說，抓了床邊的衣服穿好，穿上球鞋。千里眼牽起我的手，縱身一跳，一眨眼，就到了不知名的三合院門口，然後，像縮時攝影般，迅速進入屋內。

順風耳走到床邊，大聲叫：「張武雄起床。」

大約叫了兩三次，張武雄才睡眼惺忪的爬起來，唯唯諾諾的問：「你們是誰？」我躲在千里眼將軍身後，不敢出聲。

沒想到順風耳說的話可以讓張武雄聽得懂。我心裡有個疑問：那媽祖婆乾媽為何不直接說人話呢？等一下再來問問兩位將軍。

「大膽張武雄，見到本將軍，還不快滾下床！」千里眼火氣上來了，大聲喝斥。

只見張武雄連滾帶爬的下床跪拜，帶著顫抖的聲音說：「兩位將軍請恕罪，小人有眼無珠，不知道兩位將軍深夜到家裡來有何貴事？」

我想張武雄應該認出千里眼和順風耳兩位將軍了。

「大膽，你竟敢將你的阿公捐出來的土地要回去！」千里眼瞪大眼說。

張武雄頭低得不能再低，幾乎快貼地了。小聲的回答說：「我知道阿公捐出廣場那塊地，可是……當初並沒有過戶給媽祖廟啊！」

「可是什麼？你真的很大膽，真的是不肖子孫，竟敢違背你阿公的意思。」千里眼說。

張武雄不敢抬頭，默默的隨千里眼數落。

順風耳搖動大耳朵，接著說：「我說張武雄啊，你真的不怕我們責罰你嗎？你想想，傍晚開車回家的時候，有沒有差一點撞到電線桿？」

瞬間，房內的空氣凝結了。

「對啊！明明方向盤握得穩穩的，怎會讓車偏移車道，差點撞到電線桿，就覺得怪怪的，但不知道是哪裡怪？」張武雄喃喃自語的說。

「哈……想到啦！那就是我給你的小小警告啊！你這個刁民。不給你吃點苦頭，是不知道悔改的，更不知道天高地厚。媽祖廟的廣場豈是你說要回就可以要回的。」順風耳大笑。

「這……」張武雄一頭霧水。

千里眼把眼睛瞪得更大了。我看了都覺得有點害怕。

「怎麼樣？你不服氣是不是？好，沒關係。我調你阿公的魂魄出來跟你說清楚。」千里眼口中唸唸有詞。

一陣白煙在我身邊飄上來，然後站著一個穿古裝的老人，像社會課本上的古人相片，唯一不同的是那老人右手拿著一根木棒。

「不肖子孫啊！我土地都捐給媽祖廟做廣場了，你還敢去破壞，還敢報警，讓村人在背後裡對我說三道四。」老人用很MAN的語氣說。

「張武雄，抬頭看看你阿公。」千里眼說。

張武雄抬起頭，抓抓頭髮，仔細盯著那老人。我感覺他們不太熟，至少沒有像我和我的阿公那麼熟。每次，放學回家，阿公總會摸摸我的頭嘘寒問暖一番，但他們祖孫倆互動相當冷漠，好像陌生人一樣。

「阿……公……你是阿公，抱歉，我出生後沒有見過你。只有在客廳牆壁看過你的相片。可是，阿公，那塊地現在價格很高，如果蓋房子賣出去，就可以順利解決我在中國留下的債務啊！何況你當初也沒有過戶給媽祖廟，只憑著口頭約定。我也不知道村人和兩位將軍憑什麼不同意我把廣場土地收回來？」張武雄似乎認出他的阿公了。

那老人作勢要拿木棒打張武雄，卻一把被千里眼擋下來，老人氣得身體不停顫動。

順風耳奮力搖動他的大耳朵，並且大聲說：「好好好，你這個不肖子孫，傍晚讓你開車差點撞上電線桿，可能還沒有讓你得到教訓。沒關係，若你不悔改，明天早上，只要你敢出門，一定會讓你真的發生意外。如果你不敢出門，我也會讓你連喝水都會噎到。不信的話你就試試看吧！」

我看到張武雄的身體不停的顫抖。

「好，張武雄，我問你，廣場的土地還敢要回去嗎？」千里眼開口問。

「不敢了，不敢了，兩位將軍對不起，我不敢再要回那塊地了。請你們原諒我。」張武雄的聲音飄飄然。

「很好，會怕就好，限你三天內，把廣場內的石頭和土堆全部清光，恢復成原來的樣子。日後，廟公要求你將這塊土地過戶給媽祖廟，一定要全力配合。不然，後果自己負責。」順風耳說。

張武雄點頭如搗蒜。我在一旁竊笑，還依稀記得昨天他張牙舞爪的樣子。這下子，感覺有替阿碰仔叔公報仇的快感。明天一起床，我一定要先跟阿公和阿嬤說這件事。

順利解決這件事，那老人也化做一縷輕煙，兩位將軍也帶我準備回家，穿過張武雄的房間，縱身一跳，就回到我的房間了。但是，我問兩位將軍為何他們會說人話？為何媽祖婆乾媽卻需要我翻譯呢？原來，在天庭的神仙也是有官階的，神明的隨扈屬於較低官階，就像兩位將軍，可以直接和凡人溝通。有資格和玉皇大帝一起開會的神明，例如像媽祖婆屬於官階高的，就必須透過凡人翻譯，才顯得位高權重。原來是這樣，難怪乾媽需要我來翻譯。

隔天放學後，我再度到媽祖廟當翻譯，村人依舊眾多，當我翻譯到地主張武雄跪地求饒的景象，全場歡呼不已，掌聲如雷。

三天後，我再經過媽祖廟廣場，已不見那些石頭和土堆，廣場又恢復成原來的樣子。我成為村人的偶像，每個人看到我都對我另眼相待，並大力誇讚我一番。

9 媽祖婆穿T-shirt

自從擔任媽祖婆乾媽的翻譯後，我再度成為學校裡的風雲人物，連村人也崇拜我。可是，我會記得乾媽的叮嚀，不可任意炫耀自己擔任翻譯這件事。所以，只要有人要問我有關擔任媽祖婆翻譯這件事，我都會想辦法轉移話題，但總也會讓別人認為我高傲。做人真的很難，做神應該簡單些。平時，村裡的大人和學校的老師也會當我是一般的小孩，並不會有太大的差別待遇。我想也許乾媽就是要賦予我幫助他人的重責大任，我還記得乾媽說的暑假會有強烈颱風的大事，只是我必須保密。

媽祖廟前的廣場恢復原狀後，我和村裡的同伴喜歡到這裡來打躲避球、騎腳踏車、捉迷藏、玩紅綠燈和鬼抓人等遊戲。記得以前媽祖婆過生日的時候，廣場中除了大拜拜外，還有野臺歌仔戲和布袋戲演出，好不熱鬧。阿公和阿嬤捨不得我下田幫忙，但我偶爾會跟在他們身後到田裡去。阿嬤常會唸我有時候反而越幫越忙，通常到田裡玩泥土、抓小蟲、抓青蛙的時間多一些。

六月，炙熱的太陽灑下萬道光芒，曝晒在陽光底下，就好像有人站在高空中撒下碎石打在身上般疼痛。還好，熱到受不了時，我們會躲進媽祖廟內乘涼，洗把臉，喝免費的開水，和媽祖婆乾媽說說心事。有時，我們也會跑到千里眼和順風耳神偶旁，摸摸他們身上亮麗的衣服，但被大人看到了，總會遭到指責。有時，我們會仰望媽祖婆神像，她的雙眼微閉，面貌好慈祥，像極我的阿嬤，特別是臉上的表情，只要一開口說話就會轉成微笑。媽祖婆華麗的鳳冠綴飾，晶瑩的亮片與圓珠子，還有鑲著流蘇邊的披風。她的打扮就像是歌仔戲裡的皇后般，有高貴的氣質，慈祥又帶點威嚴，在威嚴中又很有親切感，難怪阿公、阿嬤，還有村裡的大人，凡事都要請示媽祖婆。

每次進媽祖廟，我都會先向媽祖婆乾媽請安。

六月的天氣好熱，我滿身汗，媽祖婆穿那麼多厚重的衣服外加披風，頭頂鳳冠，端坐在神壇上，不知道她會不會也滿身汗？我仔細看著她的臉，香客來來去去從我面前經過，暫時打斷我的視線，腦海中早已儲存媽祖婆的身影，不會被香客所干擾，看得入神時，忽然看到如粉圓般的汗珠從鳳冠與額頭接縫處，慢慢滾落在媽祖婆的臉頰上。

我驚叫：「媽祖婆在流汗！」

所有的香客都衝過來圍觀，大家你一言我一語的：「媽祖婆顯聖啊！媽祖婆顯聖啊！」

廟公阿碰仔叔公大叫：「趕快跪下來！」

所有的香客跪在媽祖婆面前，我被擠到千里眼神偶前，是我最早發現媽祖婆流汗的，他們竟然都把我擠開，也不會稱讚我一下。

媽祖婆流汗這件事，很快在村子裡傳開來，村人議論紛紛：有的說媽祖婆顯聖，今年一定會大豐收；也有的說媽祖婆流汗，代表今年雨水特別多，一定會沖垮堤防，淹沒整個村子；更有的說媽祖婆是要告訴我們天氣太熱了，想要換短袖衣服穿。甚至連電視和報紙都到媽祖廟來採訪，很快的，各地的進香團湧進村子裡，來自全國各地的香客都想來看看媽祖婆流汗的樣子。可惜，自從被我發現媽祖婆流汗後，就沒有人再看過了。其實，我也覺得很正常，天氣那麼熱，又穿那麼多厚重的衣物，換成是我，鐵定滿頭大汗。

有一天晚上，我睡得正沉，聽到隔壁房間的阿嬤直嚷著：「媽祖婆流汗，我們要出頭天了。」阿公也答腔說：「今年的稻穀會賣得好價錢。」我被吵醒了，阿公和阿嬤卻沉沉的睡著。半夢半醒之間，陣陣線香味傳來，彷彿又看到媽祖婆的身影，一下子，媽祖婆就坐在我的床邊。我在想：乾媽又要我當翻

譯，轉告村人什麼事情了。

媽祖婆語氣和緩的說：「乾兒子，明天來廟裡幫我換T-shirt。」

「我不敢我不敢，我會被大人罵死。」我急忙揮揮手。

「傻孩子，放心，我會託夢給廟公和所有的村人，是我要你幫我換T-shirt的，你儘管做吧！沒有人敢罵你。」媽祖婆笑著說。

我搔搔頭髮不敢置信，手心直冒汗，不知該接什麼話說？後來想起媽祖婆的雕像，要穿小很多號的T-shirt，我該去哪兒找？只好厚著臉皮問：「媽祖婆乾媽，我找不到適合您尺寸的T-shirt啊！怎麼幫您換衣服？」

「乖孩子，你終於發現這個大問題了，放心吧，借你的T-shirt穿就好。」媽祖婆維持她一貫親切的笑容。

「不行不行，我的衣服太大了，會像肥料袋套在您身上，而且，我的T-shirt前面都有哆啦A夢的圖案，您是媽祖婆，會被笑翻啦。」

我急著拒絕媽祖婆的提議。

媽祖婆眨眨眼，微閉的雙眼比在廟裡的神壇上張開些，笑著對我說：「放心，我是神仙，會搞定一切的，你就照我說的做就好了。」

隔天一早，阿嬤急著叫醒我，要我快點準備好T-shirt，為媽祖婆換衣服。此刻，我驚覺昨晚的夢是真的，媽祖婆也託夢給阿嬤了。

不過，我還是懷疑媽祖婆怎麼穿得下自己的衣服，整個神偶不是被蓋住了嗎？窗外麻雀吱吱喳喳，吵得我心煩。趕緊跳下床，穿好衣服，在衣櫃裡翻了件有哆啦A夢圖案的T-shirt。簡單梳洗後，囫圇吞棗的吃過稀飯，阿嬤牽著我向媽祖廟走去，阿嬤說阿公一大早就到媽祖廟幫忙媽祖婆換衣服的事情。

媽祖廟前的廣場，停了好幾部遊覽車，各地進香團慕名而來，但那些香客應該不知道媽祖婆要換衣服的事情。阿嬤右手牽著我，左手提著我心愛的哆啦A夢T-shirt，鑽進人群中，勉強擠進媽祖婆的神壇前，阿碰仔叔公喜孜孜的看著我，摸摸我的頭，看起來他也被託夢了。廟內人聲鼎沸，我熱得直冒汗，香爐上的燃香煙霧繚繞，我被燻得半閉雙眼，不停的打噴嚏。

「媽祖廟廣播，各位大德，昨晚奉媽祖婆旨意，等一下我們要為媽祖婆換T-shirt，請大家保持肅靜。」阿碰仔叔公的聲音充滿磁性和威嚴。

外地來的香客聽到廣播內容，七嘴八舌的討論著，還露出不可置信的表情。

「各位大德，現在我們要請媽祖婆移駕，請肅靜。」阿碰仔叔公再次廣播。

阿碰仔叔公引領阿嬤和我走進神壇後方，他拿出鑰匙打開櫥窗，小心翼翼的抱著媽祖婆的雕像，放在特製的座椅上，示意我可以開始為媽祖婆換衣服了。我接住阿嬤給我的T-shirt，放在座椅旁，耳邊突然傳來：「乾兒子，快為我換T-shirt吧，好熱啊！」我點點頭，慢慢的抽下鳳冠裡的金紙，把鳳冠摘下來，解開披風平結，接著慢慢解開華麗的神衣，我把鳳冠、披風和神衣全放在阿碰仔叔公手持的托盤裡。

這次，沒有看見媽祖婆額頭上的汗珠，我忍住汗水滑進眼睛的痛楚，不斷的用袖口擦去額頭上的汗水。我鬆了鬆哆啦A夢T-shirt領口，套在媽祖婆的頭上，說時遲那時快，原本合我尺寸的衣服，在我眼前，就像自然老師給我看的縮時攝影，「咻……咻……」很快就適合媽祖婆的尺寸，哆啦A夢的圖案也縮小得像LINE可愛的貼圖。媽祖婆露出淺淺的微笑，微閉的雙眼張開些，我想媽祖婆應該涼快多了。

阿碰仔叔公抱緊換好短袖上衣的媽祖婆神像，重新坐回神壇上，換下來的鳳冠、披風和神衣，放在媽祖婆神像旁。鎖上櫥窗，再引領阿嬤和我走到大殿，所有的香客驚呼連連。

阿碰仔叔公再度廣播：「各位大德，媽祖婆已經換好衣服，請大家可以繼續參拜。」

有些香客看見媽祖婆穿著T-shirt，無法接受媽祖婆清涼的形象，索性就不參拜了，走出廟門直奔遊覽車上。還好，村人和媽祖婆有深厚的感情，依舊虔誠膜拜。完成為媽祖婆換衣服的任務後，阿公、阿嬤和我開心的散步回家。

媽祖婆換T-shirt這件事，再度成為所有媒體注目的焦點，甚至連SNG車都來了，新聞臺熱播好幾天，白天的媽祖廟比以前更熱鬧，遊覽車一部接一部，香客簇擁著進媽祖廟內，爭睹穿著T-shirt的媽祖婆。各地的攤販也到村子裡湊熱鬧，佔據聯絡道路兩側。

夜裡，廟門關，媽祖婆下班，一切又恢復平靜。

10 神仙大戰

經過一整天的折騰，我累得呼呼大睡。睡夢中，彷彿又回到媽祖廟大殿。只見千里眼和順風耳交頭接耳說悄悄話，我湊過去聽，卻被千里眼瞪大眼斥退我。

媽祖婆從櫥窗走出來，伸伸懶腰說：「坐一整天的椅子，腰痠背痛。」招招手示意要順風耳過來幫她按摩。

順風耳邊按摩邊說：「啟稟娘娘，您把玉皇大帝御賜的神衣、鳳冠和披風脫掉，恐遭拔除神位，請您三思啊！」

媽祖婆點點頭，又闔上雙眼，若有所思的樣子。

千里眼也答腔：「啟稟娘娘，萬一玉皇大帝生氣，拔除您的神格不說，恐怕無法再保佑眾生了！」

媽祖婆依舊點點頭，微張雙眼。

媽祖婆向我招手，要我靠近她，語氣和緩的說：「乾兒子，你的衣服只有哆啦A夢的圖案嗎？我是海神，比較喜歡航海王啊！」

「可是，哆啦A夢是我的偶像，就全部買哆啦A夢的衣服了。」

我有點為難的說。

我和媽祖婆聊得正開心，一陣白煙從大殿中間的天井降落，千里眼、順風耳立刻跳到媽祖婆左右兩側，擺好比武的姿勢，我被晾在一旁。接下來不知要發生什麼事？我躲在供桌下，被眼前的景象嚇得不敢出聲！

從空而降的白煙瞬間化成人形，那人額頭上多了一隻眼睛，穿著歌仔戲裡元帥的服裝，我心想應該又是另一個神仙，只是我不知道他叫什麼名字。

順風耳使勁甩動大耳說：「二郎神，你沒事下來幹嘛？」

啊！原來是二郎神。在歌仔戲裡看過他，記得他的武功高強，扮相也非常俊俏。

千里眼更是瞪大眼，兩顆銅鈴般的大眼三百六十度轉動，惡狠狠的觀察二郎神的舉動。

「哈哈哈，兩位將軍不要激動，我奉玉皇大帝御旨前來，要請媽祖上天庭說明換穿T-shirt的事。」二郎神也不甘示弱的回嘴。

「看看你有沒有這個本事啊？」千里眼和順風耳異口同聲的說，並且一躍而下，衝到二郎神面前。

三個神仙在我面前打起架來，我嚇得渾身發抖，靜觀神仙大戰。二郎神好功夫，力戰千里眼和順風耳，絲毫不居下風。我躲在桌角下偷看，感覺二郎神年輕點，但千里眼和順風耳氣喘吁吁的不斷比劃，專心注視著對方的舉動。千里眼的大眼睛不停的轉動，他向順風耳眨眨眼，兩人再度衝向二郎神，又是一次大混戰。

「兩位將軍，住手！不得無禮！」媽祖婆提高音調。

這是我第一次聽到媽祖婆大聲說話，千里眼和順風耳也立刻收手，向媽祖婆拱手作揖後，退到媽祖婆左右兩側警戒。

「媽祖娘娘，小神冒犯了，請你跟我上天庭吧！」二郎神客氣的說。眼神注視著供桌下，接著說：「幫你換T-shirt的小孩，也要一起上天庭向玉帝說明。」

我從供桌下趕緊鑽出來，用力搖頭說：「不行……不行……，我不可以去，阿公、阿嬤找不到我，會擔心得寢食難安。」

「臭小子，由不得你，走！」二郎神走到供桌旁，一把抓住我的手。

媽祖婆開口求情：「放了他，一切由我承擔。」

二郎神一鬆開手，我馬上溜到媽祖婆身邊，並且拜託她：「媽祖婆乾媽，是您要我換T-shirt的，不是我要換的啊！」

我的眼淚不聽使喚的奔流。

「乾兒子，這是玉皇大帝的旨意，我們都不能違背，跟我上去吧，說明清楚後，就可以下來了。」媽祖婆依舊那麼溫柔慈祥。

我想了一下：「那我上天庭，阿公、阿嬤找不到我怎麼辦？還有天亮後，很多人會來拜您，見不到您在神壇上，那不是太奇怪了。」

「哈……傻孩子，那我就讓時間停止吧！等我們下來後，再讓時間繼續走，就不必擔心你說的事囉。」媽祖婆帶著微笑。

太神奇了，媽祖婆穿上哆啦A夢的T-shirt後，也有像哆啦A夢的魔法，可以讓時間靜止，真的太厲害了。等一下上天庭應該也會穿越任意門吧！我破涕為笑並開始期待要穿越任意門。

二郎神從天井飛上天，媽祖婆從哆啦A夢的百寶袋裡拿出任意門，走過任意門，我們就站在巍峨的牌樓前方，牌樓上寫著「天庭」二字。此時，不見二郎神，過了一會兒，他才從雲層裡鑽出來。

我們跟著二郎神走，玉皇大帝的皇宮雄偉氣派，就像我去過的故宮博物院般，走了好長一段路。皇宮前的階梯兩側，站滿衛兵，當我們走過衛兵面前時，衛兵都會立正站好，跟電視演的一模一樣。每個衛兵都是標準的撲克臉，嚴肅到令我喘不過氣來。

一進宮殿大門，金碧輝煌的樑柱，各種雕花飾品，映入眼簾，全都像我在故宮見過的樣子，當然也類似電影、電視皇宮的場景。走進天庭大殿，便看見一副皇帝裝扮模樣的神仙，坐在高臺上，應該就是玉皇大帝了。高臺前方兩側，官員都依序站定位，我有看到土地公站在最後的位置，還有三太子、濟公，其他神仙我就不認識了。

玉皇大帝看著媽祖婆說：「你到底是凡人還是神？如果是凡人，我就稱呼你默娘，如果是神，我才會稱呼你媽祖。」

我看到玉皇大帝說話的時候，白鬍子都被吹開了，可見他多麼用力的說話啊！

「啟稟玉帝，我是您冊封的海神啊，當然是神啊！」媽祖婆委婉的說。

「大膽，既是神，如何能穿凡人的衣物？」玉皇大帝的白鬍子吹得更開了。

媽祖婆低頭不語，我拉拉她的衣角，提醒她快點回答。

這時，有位神仙走出官員行列，拱手作揖：「啟稟玉帝，媽祖擅自脫下神衣、披風和鳳冠，應即刻撤除神格，貶為凡人，才能服眾。」

我不知道說話的神仙是誰。

這時，三太子馬上跳出來說：「ㄟ……，大道公，不要公報私仇喔，你追求不到媽祖，就要利用這個機會報復嗎？哈……」

原來是保生大帝，也就是人稱的大道公，我在封神榜故事書裡有看過他的故事。

大道公惡狠狠的瞪著三太子：「小孩子，別亂說話，小心我揍你！」

「來啊！來來來，你來……你來……」三太子瞬間變成來來哥。

我心裡竊笑。

「兩位愛卿別動怒，媽祖，你說，換衣服的原因是什麼？」玉皇大帝開口說。

我脫口而出：「天氣那麼熱，當然要穿T-shirt囉。」

有一名侍衛，衝到我面前，食指摀住嘴脣，要我閉嘴。

「啟稟玉帝，天機不可洩漏！」媽祖婆閉上雙眼沉思。

「胡說八道，什麼天機？這裡是天庭，哪有什麼天機不可洩漏？快說！」玉皇大帝的語氣又快又急。

媽祖婆依舊沉默不語，閉眼沉思。

神仙官員議論紛紛，吱吱喳喳的聲音很熟悉。我班上也常常聽到，老師都會大聲的要我們安靜，玉皇大帝卻沒像我的老師一樣。

「默娘，你——還——不——說——嗎？大膽！」玉皇大帝咬牙切齒。

玉皇大帝咬牙切齒的模樣，真的太像我的老師了，每次班上同學犯錯，老師的表情就是這樣。

「唉！海龍王交代我不能洩漏天機，既然玉帝要我說，我就說。閻羅王已下令集結風雨惡鬼數十萬隻，準備在農曆七月底攻佔凡間，屆時，勢必強風暴雨，造成土石流肆虐，水災連連。可憐的玉帝子民，即將全數滅亡。」媽祖婆唉聲嘆氣的說。

「啊！可惡的閻羅，竟敢再次挑戰我的權威。幾年前，胡搞一個八八風災，我很後悔沒有徹底殲滅閻羅大軍。那也奇怪，這事跟你換T-shirt何關？」玉皇大帝激動的站起來。

「啟稟玉帝，換下的神衣、披風和鳳冠，到時候可以解救您的子民。我現在不便多說，以免洩漏天機。懇求玉帝讓我回到凡間，讓我整軍備戰。」媽祖婆娓娓道來。

玉皇大帝仰天長嘆，然後點點頭。

「啟稟玉帝，不公平啦！那在場的同仁都可以隨意脫下您御賜的神衣，也不必遵守天庭的規定。」大道公故意提高語調。

三太子急著說：「嘻……又在鬼叫了。」

大道公又大聲咆哮：「啟稟玉帝，如果每個神仙都像媽祖這樣，神不像神；人不像人，天庭將成為凡間，我們怎會有能力保佑眾生呢？懇求玉帝問問在媽祖周遭的神仙，看看他們的意見如何？」

玉皇大帝點點頭：「土地公，你說說看。」

只見大道公死瞪著三太子，並握緊拳頭示意要揍他，三太子調皮的扮鬼臉。

土地公拄著楞杖，緩緩的說：「啟稟玉帝，我覺得神仙啊，本來就是要保佑眾生的，不過，形象也很重要啦。我們是臺灣神，不是西方神，還是要穿傳統的服裝比較適合。我年紀大了，禁不起風寒，要我像媽祖這樣穿T-shirt，我會感冒的。但是，我也尊重媽祖的想法，也許她換下來的神衣、披風和鳳冠有別的功用也說不定啊。」

大道公插嘴說：「土地公啊！你說重點好不好？到底同不同意媽祖的穿著啦？」

土地公默不作聲。

玉皇大帝接著請文昌帝君表達意見。文昌帝君稍微整理一下手上的毛筆，接著說：「啟稟玉帝，一般來說，來拜我的都是考生居多，我在想，萬一考生看見我穿凡人的衣服，他們應該就會打退堂鼓了吧！」

玉皇大帝點點頭，接著再請註生娘娘發表意見。

註生娘娘扶了扶頭冠：「啟稟玉帝，我和媽祖都是女性，我必須為她說幾句話，請您和各位同仁想想看，平常，媽祖會穿這樣嗎？媽祖不知道要維護神仙的形象嗎？她剛剛也說了，脫下神衣、披風和鳳冠，換穿T-shirt是為了解救玉帝的子民。如果只是短暫任務型的需要，如果可以解救眾生，就不要太苛責媽祖啦。」

大道公聽註生娘娘這樣說，氣得翻白眼。

此刻，玉皇大帝不再請其他神仙表達意見，大殿突然變得安靜，靜得連呼吸聲都聽得很清楚。這樣的安靜，只有在我們學校午睡的時候才有類似的情景。

過了一段時間，玉皇大帝揮揮手示意退庭，轉身離開。所有的神仙跟著離開，只剩大道公和三太子還吵個不停。

11 真相大白

媽祖婆牽著我的手，再次穿越任意門，我們又回到媽祖廟內，媽祖婆把任意門收回百寶袋裡。千里眼和順風耳高興得又叫又跳，媽祖婆喃喃唸著咒語，讓暫停過後的時間繼續走，然後告訴我說：「乾兒子，回去吧，記得！不可洩漏我在天庭說過的話喔。」

我點點頭。但是，我怕說溜了嘴。

公雞啼聲不斷，吵醒我，頭痛欲裂，我趕快去找阿嬤，阿嬤要我脫下衣服，幫我刮痧，從脖子、肩膀到後背，刮出滿滿的瘀青。然後，阿嬤拿媽祖廟的香灰泡開水讓我喝下，瞬間感覺全好了。

「阿嬤，我跟你說一件事，你要保密喔。下個月，我們村莊會淹水，要快點到臺北叔叔家躲水災吧！」糟糕，我真說溜嘴了。

「憨孫仔，你看外面太陽那麼大，哪裡有什麼風雨啊？傻瓜，別亂說話喔。」阿嬤好鎮定，摸摸我的頭說。

還好阿嬤不相信我說的話，這樣應該不算洩漏天機吧？我還是趕快穿好運動服上學吧，上個星期才結束期末考，今天有我喜歡的體育課，老師答應要讓我們班和隔壁班躲避球比賽。

上學途中，經過媽祖廟前，一大早，廣場裡依舊人聲鼎沸，透過媒體報導及香客口耳相傳，每天，都有許多爭睹媽祖穿T-shirt的遊客，擠進我們村子裡來。今年，跟往常不一樣，村子變成觀光區，變得好熱鬧，但是也變得喧鬧吵雜，帶來噪音、空氣和環境汙染。一開始，村人還因媒體爭相報導覺得有趣，日子久了，反而覺得煩躁。

期末考結束後，準備迎接暑假來臨了。我既期待又怕受傷害，期待放暑假可以和同學自由自在的到處玩。但心裡總有個牽掛，害怕媽祖婆說的強烈颱風引發水災而淹沒村莊，傷害村人的生命和財產。若真的這樣，開學後還能見到我的同學們嗎？越想心越煩，希望一切都是夢才好。

暑假已過一段時間，一直到中元普渡過後，仍不見媽祖婆預言的強烈颱風，希望那真的只是夢而已。不過，最好預言不要成真。就在關鬼門的一個星期前，天氣預報有「強烈颱風接近臺灣，行進路徑從南到北掃過，暴風圈也會籠罩全臺，號稱史上最強颱風」之類的播報內容。村人開始覺得不安，才剛插好秧，芋頭和許多蔬菜再過一個月後，也可以採收了，颱風一來，恐怕都得泡湯。

颱風預報後的當晚，我緊張得睡不著，雖然不見風雨，但我的心情依舊起伏不定。還好是暑假，不然上學可能會遲到。聽到客廳的老時鐘敲了十二個響音，我依舊精神飽滿。過了一會兒，我又聞到陣陣線香味，應是乾媽來了。乾媽坐在床邊，開始交代我明天上午十時左右到廟裡來，她也會託夢給阿碰仔叔公和村長，盡量讓全村人都來，她有事情要交代大家。

這次，乾媽的神情較前幾次更嚴肅，不過，當我看到她穿著我的哆啦A夢T-shirt，我心裡竊笑不已。

我問：「乾媽，颱風要來了，您不是說要我幫忙，而且要恢復我的神

力，一起幫助您解救村民。」

乾媽點點頭，變出一臺iPad來，要我重新輸入帳號和密碼，然後，她的右手按在我的左手心一下子，口中喃喃自語。

乾媽說：「明天上午，你先到廟裡來當我的翻譯，等強烈颱風侵襲村莊當天，只要你默唸輸入的密碼，就能恢復神力，協助我救人。」

我點點頭，卻發現手心不停冒汗。

小時候，曾經聽阿嬤說村尾的大安溪，只要颱風期，水位就會暴漲，但從沒淹過堤防。傳說好幾百年前，海龍王尋找失蹤的公主，從出海口沿著溪流直上，後來因為水位過低，海龍王就擱淺在溪中，一直到颱風來，水位高漲後，海龍王才又回到海裡去。

隔天上午，媽祖廟內人聲鼎沸，廟外廣場也熱鬧滾滾，藍天白雲的天氣，一點都不像颱風即將來襲的前夕。村人滿心期待的想聽看看媽祖婆有何指示。阿碰仔叔公點燃一束線香，分送給在場的村人，村人拜過媽祖婆。等阿碰仔叔公和我在媽祖婆面前站好，突然間，他連續發出類似嘔吐的聲音，我知道乾媽來了。

阿碰仔嬸婆高聲喊：「快快快，媽祖婆要附身了，大家雙手合十，保持安靜。」

此刻，只見阿碰仔叔公雙手撐住供桌，半閉上眼，搖頭晃腦的發出奇怪的聲音。跟上次乾媽下凡的時候一樣的情景，這次攸關村人生命財產，我拉長耳朵注意聽乾媽說什麼。阿碰仔叔公停止搖頭晃腦，開始說話。

當阿碰仔叔公說了一段話後，我緊接著翻譯：「各位村民，三天後，強烈颱風侵襲臺灣，村莊臨大安溪，我擔心溪水暴漲，有可能沖破堤防，淹沒全村。請大家利用這兩天趕快收拾簡單的行李，注意看電視新聞颱風預報，當發布陸上颱風警報時，請大家躲到村頭的活動中心二樓，我會努力把洪水控制在一樓的高度。要特別注意老人和小孩的安全，農作物有可能被淹沒，不要想搶收，只要大家聽我的，我會保護大家的安全。」

當我說完這段話，阿碰仔叔公身體顫了一下，

整個人跌坐在地上，村人急著扶他起身坐在椅子上，過一會兒才醒過來。眾人議論紛紛，逐漸離開媽祖廟，各自回家收拾行李。

我和阿公、阿嬤回到家，阿公和阿嬤急著收拾行李，爸爸和媽媽還在上班，弟弟上幼兒園還沒回家。從客廳的窗戶向外看，可以清楚的看見堤防，只要洪水沖破堤防，我們家一定會被沖走。

颱風果然如氣象預報到來，並且發布陸上颱風警報。我們全家人聽從媽祖的指示到村頭的活動中心二樓避難，全村的人也都來了。窗外的遠山烏雲密布，雷聲大作，閃電霹靂，接著開始下起毛毛雨，活動中心後方的竹林也發出「颼颼颼」的聲音，聲音越來越大。大雨像是從天上倒下來，活動中心前的道路成了河流。

這時候，雨聲突然變小，我在窗邊大喊：「阿公、阿嬤，雨停了，雨停了。」

阿公和阿嬤還有許多村人也跑到窗邊來。

「你們看天空，有一個好大的帳篷啊！」我指向天空說。

千里眼和順風耳一前一後，緊抓約籃球場大小的紅布四個角落，從我們眼前飛過，往出海口飛去，黃泥水還會從紅布邊緣流下來。看著千里眼和順風耳來來回回，飛在村莊上空。活動中心前的道路，滾滾黃水奔流，鏗鏗鏘鏘，聽得我心跳加快。

這時候，耳邊傳來乾媽的聲音，她要我趕緊輸入密碼，飛到堤防上監控溪水暴漲的高度，然後再飛回活動中心跟村民說明，讓大家安心點。

我飛到堤防上，看到一根大圓柱，圓柱造型像是媽祖婆鳳冠的圓珠子，再往山裡的方向看，每隔一段距離就有一根。我突然想起大帳篷就是媽祖婆的鳳冠變的啊！媽祖婆把雨水都接到大安溪，難怪村子裡雨停了。千里眼和順風耳拿的大紅布就是媽祖婆的披風，他們到山邊把即將流進村莊和溪裡的土石流，全搬到海裡去。

站在堤防上，溪水慢慢高漲，就像我在浴缸裡放水一樣，如果忘了關水，水就會溢出浴缸外。眼見水位越來越高，我只要蹲下來就可以摸到，此時，雷聲狂作，閃電劈啪，剎那間，水位突然降低。我大喊：「糟糕，要潰堤了！村莊要完蛋了。」忽然，眼前閃過一個人影，穿著大紅袍，迅速往大安溪下游移動。

我也趕快飛回活動中心二樓，告訴村人快要潰堤了，請他們躲在二樓，也安撫他們不要害怕，媽祖婆已經在處理了。然後，我再飛回堤防上，監看滾滾溪水。

站在堤防上，我看見媽祖婆穿回神衣，化身「綠巨人浩克」，站在溪中，水深及腰，整個身體趴在被溪水沖破的堤防缺口處，擋住溪水繼續向村莊竄流。

我也飛到媽祖婆身邊，用我的身體一起擋住堤防的缺口，我偷瞄到媽祖婆右手握拳，隱約可以看到衣角，有一種似曾相識的感覺。我恍然大悟的叫著：「我的哆啦

A夢。」

媽祖婆高舉右手大聲說：「乾兒子，謝謝你的哆啦A夢，讓我的神力大增十萬年。」

我和媽祖婆肩並肩，身體緊緊貼住堤防的缺口，使盡全力抵擋洪水的沖擊。

12 風災過後

忍受溪水連續沖擊，奮力和乾媽堵住堤防缺口，乾媽給我的神力只剩一次了，我會好好珍惜，運用在最需要的地方。還好有神力，不然，光看到那滾滾濁水就令我退避三舍了，更何況是下水呢。我咬著牙承受溪水不斷的沖擊，即便有神力護持，感覺還是好疲累。也許全身濕透，加上疲累和緊張，風災過後，重感冒纏身，看過醫生後，好幾天無法出門，不知道村莊變得如何？阿公說他即將收成的芋頭全倒下，而且泡在水裡。這兩天經太陽晒過，就會爛掉，收成已經泡湯了。我想如果連我家的芋頭都這麼慘，全村大概無一倖免。

重感冒期間，乾媽也來探望我，並要我痊癒後到媽祖廟一趟。

隔天，顧不得還有輕微咳嗽，走出家門，產業道路兩旁堆滿廢棄的家具和雜物，等垃圾車來載走，全村就會恢復原貌。即便我和乾媽使盡全力堵住堤防缺口，還是無法滴水不漏，部分的溪水還是竄流進村莊。還好，天空有乾媽的鳳冠變成的大帳篷，把應該下在村莊裡的雨水全盛接到大安溪，還有千里眼和順風耳拿著乾媽的披風化成的大紅布，到山邊把即將流進村莊和溪裡的土石流，全搬到海裡去，要不然，風災的損害一定會更嚴重。那殘破的堤防缺口，必須在下次颱風來前修補好，不然，村莊依舊會受到淹水的威脅。

走進媽祖廟內，媽祖婆乾媽也穿回原來的鳳冠霞披，好多村人一早就到這兒來燒香，感謝媽祖婆解救全村的恩情。阿碰仔叔公急著拉我到媽祖婆面前，似乎乾媽有什麼指示。一下子，阿碰仔叔公雙眼微閉搖晃身體，我知道乾媽又來了，專心聽阿碰仔叔公說話，我要更精準的傳達乾媽的意思。

阿碰仔叔公說了一段話後，我接著說：「各位村民，大家辛苦了，這次風災造成很多損害，原本即將收成的芋頭和蔬菜全部泡湯。但是我一定會努力協助大家重建家園。」

村人面無表情，少了豐收的喜悅。

阿碰仔叔公繼續說，等他停頓後，我再接著說：「我要求廟公把媽祖廟幾十年來受贈的功德金作為重建家園的補助款，每戶人家二十萬元，如果有特殊需求，可以私下跟廟公說，我一定會全力幫助大家。」

當我說完這段話，全場掌聲不斷，村人的臉上也露出一絲絲笑容，彷彿看見重建的希望，購買新的家具，準備復耕等費用總算有著落了。

阿碰仔叔公雙手大拍桌子一聲，全場安靜下來。接著說了一段時間，比前兩次都長，我認真的聽，深怕漏掉其中的意思。等他暫停後，我馬上接著說：「每一年中秋節，媽祖廟都會邀請歌仔戲連續演出三天，各地陣頭和進香團也會到這裡來共襄盛舉。這樣的大活動確實需要很多的經費，媽祖廟往年都會跟每一戶人家徵丁口錢，挨家挨戶也會辦桌宴請外地的親友。為了不讓大家有額外的負擔，我在這裡宣布今年中秋廟會活動取消，我們全力重建家園。」

當我停止翻譯，全場又是掌聲如雷。

阿碰仔叔公說一段相當簡短的話，我接著翻譯：「各位村民，還有沒有其他的意見，不然我要退駕了。」

我環顧四周，仔細看看有沒有村人舉手，就像在學校開班會時，主席看著臺下的同學一樣。看了一會兒，沒有村人舉手想要發言，全都雙手合十放在胸口前，恭送媽祖婆退駕。這次，阿碰仔叔公變聰明了，在他身後放了張椅子，等乾媽離開後，他就安全的坐在椅子上。

經過媽祖婆指示後，村人逐漸散去，有幾個村人圍著阿碰仔叔公，我也湊過去聽。這幾個村人的家靠近大安溪，房子的地基被溪水掏空一部分，現在住得心驚膽跳，想要跟媽祖廟借香客大樓暫住。另外，他們也說媽祖廟捐助每戶人家二十萬應該不夠，除了修房子外，還有家具和農作物的損失。

阿碰仔叔公聽完他們的陳述後，一一記錄下來，也遵照乾媽的指示全力支援。

13 重返天庭

當重建家園的工程完成後，現在就等一個月後，修補好堤防缺口，全村就能暫時免於淹水的威脅。希望這一個月內別再有颱風來了，我還有一次的神力未使用，最多也能再幫忙乾媽解救村人一次。

我想暫時應該不需要再當乾媽的翻譯了，暑假也近尾聲，開學後，恢復上放學的作息。這幾天趕著寫暑假作業，寫得右手痠痛不已，不過，比起風災時泡在溪水中堵住堤防缺口輕鬆許多了。我就是不聽老師的話，暑假作業如果每天寫一點，現在就不必一直趕一直趕，真希望老師別出暑假作業，讓我們痛快的好好玩一個暑假。也因為趕作業，連玩的時間都減少許多，連媽祖廟也懶得去了。

有一天晚上，正因手痠痛不已，半夜起來喝水，打斷我的睡眠，恰巧就聞到陣陣的線香味。好久不見乾媽了，不知這次又要我幫忙什麼呢？

乾媽抱抱我，摸摸我的頭說：「乾兒子啊！謝謝你這陣子幫我很多忙。上次帶你去天庭嚇到你了吧？現在，我還要上天庭報告玉帝颱風救災的情形，順便再說明一下換穿T-shirt的事情。要不要跟我去呢？」

「可是……我右手好痠痛，又怕看見千里眼、順風耳兩位將軍和二郎神大戰。還有那個大道公也好兇，乾媽，您有得罪他吧。」

我不停的叨唸著。乾媽早牽起我的手，穿過房間牆壁，直衝天際，腳下黑壓壓一片。千里眼、順風耳兩位將軍跟在我們後面。

過了一會兒，就到達上次「天庭」牌樓前。同樣的場景，這次不見二郎神，衛兵問明我們的來意，引領進入天庭大殿中。鮮紅色的地毯鋪成的走道，走道兩旁都是神仙列隊站好，盡頭可見玉皇大帝坐在高臺上，我們走近高臺前，向玉皇大帝鞠躬。

玉皇大帝微笑的看著我們：「媽祖愛卿，我還是習慣你穿著鳳冠霞披的樣子。你這次風災的表現讓我十分滿意，上次，你說的天機不可洩漏，原來是這樣啊！」

我低頭竊笑，怕被衛兵看到，又要糾正我。原來玉皇大帝笑起來這麼可愛。

玉皇大帝向滿朝神仙文武百官說：「這次風災，媽祖的表現值得讚許，閻羅王那邊，我一定要再強力阻擋他傷害我的子民，各位在凡間駐守地，務必要隨時發現問題，若遇到困難，隨時請求天庭協助。各位愛卿，有事來奏，沒事就退朝。」

此時，大道公走出行列外說：「啟稟玉帝，小神還是要提醒您，必須要極力維護神仙的形象，要不然，我們都可以找藉口，脫下神仙服，改扮凡人的模樣。」

三太子調皮的回嘴：「大道公啊，你不也常下凡替凡人診治，而且下凡時，也打扮成凡人的模樣呀。」

「小鬼，我至少不會穿短T-shirt啊！不關你的事。」大道公也被惹毛了。

玉皇大帝笑著說：「愛卿三太子，你就少說一點吧。大道公說得不無道理。希望眾愛卿在解救生民時，盡力維護一下神仙的形象，這件事就到此為止。眾卿還有事上奏嗎？」

關聖帝君走出行列：「啟稟玉帝，颱風的災害很難避免，閻羅王只是趁著颱風加劇災害，讓生民陷入痛苦的深淵。我們何不要求凡人減少破壞環境的行為。」

玉皇大帝接著說：「愛卿說的減少破壞環境的行為，我們可以如何努力？」

「啟稟玉帝，譬如我們可以要求各駐點寺廟主事者，不拜供品，不要再點線香祭拜，也不要焚燒金紙給我們，更不要燃放鞭炮，這樣或許可以減少一點地球的溫室效應啊！也跟各位同仁分享，我在臺北行天宮的駐點，好久以前已經禁止燃燒金紙，更別說放鞭炮了。近幾年，也不再提供線香，讓周遭的子民享有一些些乾淨的空氣。」關聖帝君接著說。

玉皇大帝看著眾神，示意大家表達看法。

土地公緩緩的走出行列：「啟稟玉帝，小神在凡間的駐點寺廟最多，一村一土地公廟，甚至在田間也有我的駐點。信徒好意點線香、燒金紙、放鞭炮，我豈可輕易拒絕呢？何況，這是凡間流傳下來的風俗習慣，如何說服凡人改變呢？」

當土地公說完後，眾神交頭接耳不斷談論關聖帝君的建議。

「媽祖，你說吧！每年，你的遶境活動可是列為世界大型宗教活動之一，除燃放大量鞭炮外，也燃燒無數的線香和金紙，你的看法呢？」玉皇大帝請乾媽說。

眾神心裡想，燃放鞭炮、燃燒線香和金紙最大量的廟宇就是媽祖廟，相信媽祖會反對關聖帝君的建議。

乾媽不疾不徐的說：「啟稟玉帝，以全年度來說，我的駐點廟宇確實燃燒大量的線香和金紙，還有燃放鞭炮，可是，這真的是凡人的傳統。如果冒然停止，凡人會不知所措，況且這是凡人表達對神明的敬意，他們一直以來都認為：燃放鞭炮、燃燒線香和金紙，可以獲得神明的保佑，我們豈可輕易廢止？請玉帝三思。」

現場響起一片掌聲。

關聖帝君接著說：「啟稟玉帝，保護環境已成為世界各國凡人的共識，西方的神明也不見他們燃放鞭炮、燃燒線香和金紙，依舊擁有為數眾多的信徒啊！因此，小神認為站在保護環境的立場，也不至於減損神仙的威望，是應該請信徒不拜供品、不燃放鞭炮、不燃燒線香和金紙這件事。我看許多同仁大多反對的樣子，是不是在下個月，玉帝即將召開神仙高峰會，讓各方神仙再行議論。」

玉皇大帝點點頭，宣布退朝。眾神仙彼此議論紛紛，只見關聖帝君獨自走出大殿。

乾媽及兩位將軍和我一行人，也離開天庭，回到凡間。

看到書桌上的暑假作業，有點心煩，一切睡醒再說，爬上床，累得倒頭就睡。

14 神仙高峰會

跟著乾媽重返天庭後，我必須加快腳步趕我的暑假作業，眼見就要開學了，我一定要在開學前一天完成暑假作業。留下假期最後一天好好休息。

在天庭裡，關聖帝君說下個月玉皇大帝要召開神仙高峰會，那時候，我已經開學了。不知道乾媽會不會帶我一起去呢？

我知道在臺灣上空的天庭裡住著許多神仙：道教、佛教、基督教、天主教、伊斯蘭教……除了地底下的閻羅王掌管地獄城外，各自的神仙都擁有各自的粉絲。

開學後的第三個星期六晚上，乾媽到我的房間來，帶我上天庭參加一年一度的神仙高峰會。原本我被衛兵擋了下來，因為我不是神仙，後來，乾媽說我要轉達給她在凡間的信徒知道會議的結果，所以衛兵請示上級長官後，便讓我進大殿。

在天庭的大殿裡，各路神仙都到齊了，連閻羅王也受邀與會，距開會時間還有幾分鐘，大家閒聊著。乾媽說今年的主題比較嚴肅點，要討論的是：如何填補天庭的破洞？剛好和關聖帝君的提議雷同，我想應該是玉皇大帝指示的。天堂的小破洞越來越多，就連女媧不停的煉石補天，總好像永遠補不完這些蔓延的小破洞。開會地點一如往常在玉皇大帝的皇宮會議廳，這會議廳可大著呢，足足有一個棒球場大，可以容納全臺灣的神仙一起開會，會議主席依舊照往例由地主玉皇大帝擔任。

高峰會當天清晨，各路神仙陸續進場，土地公拄著枴杖緩慢的爬上會議廳的樓梯，三太子踩著風火輪飛進會場。乾媽和我跟在土地公後面進場。會場內，「神」聲鼎沸，大概圍繞著「過去這一年來收到多少人間供奉的『香火』和『功德金』，收到多少供品」之類的話題。當司儀宣布會議即將在五分鐘後開始，只見入口處彌勒佛舉步維艱的走上階梯，跟隨彌勒佛後方進場的是隱約可見到十字架上方的木頭，等彌勒佛就座後，才清晰可見揹著十字架的耶穌。

鐘鼓齊鳴，會場立刻安靜下來。司儀拉開嗓門：「神仙高峰會正式開始，恭請主席致詞。」玉皇大帝行禮如儀的致歡迎詞，嚴肅的揭示今年會議主題：如何填補天庭的破洞？希望集思廣益，順利解決這件傷害天庭破洞，進而影響凡間環境的大事。

當玉皇大帝宣布開放與會神仙發言，耶穌奮力的高舉十字架，高聲的說：「我要發言！」難得見到耶穌如此激動，全場神仙譁然，一會兒又靜默下來。

「天庭的破洞來自人間的二氧化碳排放量，人們為了生存不得不蓋工廠，為了往來不得不使用交通工具，但這些是維繫生存必要的做法。可是，有些造成二氧化碳排放量的做法，在我們神仙界是可以避免的。」

耶穌放下十字架，不疾不徐的說完這段話。

玉皇大帝一臉疑惑的看著耶穌。

接著問：「耶穌，請問我們要怎麼做

呢？」

耶穌說：「可不可以請各位夥伴告訴信徒，別再拜供品、燒香、燒紙錢、燃放鞭炮了，這也會排放二氧化碳，像我的信徒，只要禱告，我依舊可以接受到信徒的訊息啊。」

「啊！」會場異口同聲，眾神仙發出這樣的驚嘆。

玉皇大帝看著耶穌：「這件事啊！違背民間的信仰習慣，要改變的話確實有點困難。」

此時，閻羅王的雙手舉得好高，玉皇大帝沒給閻羅王好臉色，語氣相當敷衍的說：「老閻，請你說說看，要如何解決？」

「其實，我在地獄城沒什麼感覺，簡單來說，我那些大小鬼需要更多來自人間的香火，才能早日脫離地獄城。但每年的清明節和中元節，人們燒的紙錢和供品，使用期限只有一年，根本沒有多餘的香火可儲存。」閻羅王一副事不關己的說。

三太子把風火輪拋到會場上方，高聲的說：「我反對！」

「三太子，不得無禮。好好說，注意禮貌！」玉皇大帝板起臉孔，似乎對三太子的舉動有些不悅。

「好啦好啦，我是想說在臺灣幾百年來，信徒都準備供品、紙錢、燒香和放鞭炮，即便我不太需要這些東西，但這是傳統啊！哪有說改就改的呢？」三太子一股腦說了這些話。

「對啊對啊！一直都這樣啊。」眾神仙七嘴八舌，表示贊同。

耶穌也高舉十字架，示意要發言，但會場有許多神仙也舉手，包括土地公也高舉枴杖，會場鬧哄哄的。玉皇大帝揮揮手要大家安靜下來，示意土地公發言：「我們敬老尊賢吧！請土地公說說看。」

「不燒香，不燒紙錢，不拜供品，不放鞭炮，信徒不會拜，我們當神仙要的就是被凡人崇拜的fu，耶穌啊，你不也是被崇拜嗎？」土地公慢條斯理的說，還小虧了一下耶穌。

耶穌等不及玉皇大帝准許發言，就急著說：「對啦，我來臺灣也好幾百年了，我愛這塊土地的所有事物，也希望信徒透過心靈的交流，就可以得到我的祝福。」

「是麼？你是外國神，你不懂啦！」三太子迸出這句話來。

玉皇大帝站了起來，指著三太子說：「再不禮貌，我就趕你出去。」

玉皇大帝漾起一絲笑容說：「我們來聽聽媽祖的看法。」

「啟稟玉帝，上一次在天庭我已向您及同仁們說過，回到廟裡後，我認真的考慮關聖帝君的建議。自古以來，信徒燒香、燒紙錢、拜供品和放鞭炮這件事，已有幾百年的傳統，事關祭拜行業的眾生謀

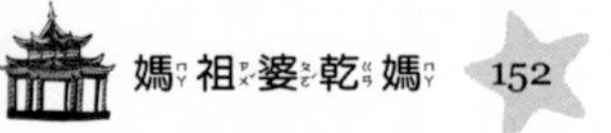

生的工作，也許要從長計議。但為了天庭的破洞得以趨緩，我也同意耶穌的看法，回到民間後，我會要求廟裡的主事者，減少燒香、燒紙錢和放鞭炮，將二氧化碳排放量變少點，當然也要教化信徒不要淪為祭拜競賽式的排場，我會努力，也請大家一起努力。」媽祖半闔著眼說。

「果然是心繫眾生的海神。」耶穌也回應媽祖的看法。

這時，在座位上的諸多神仙紛紛舉手想要發言表示不同意，也引起一陣騷動。玉皇大帝見狀，連忙安撫，並要大家暫時休息十分鐘，先討論一下，等等推舉一位代表發言。

許多神仙圍繞在媽祖身邊討論這件事，希望先說服媽祖改變心意，因為媽祖的信徒遍布海內外，根本不必擔心「功德金」減少的問題。有些小廟的主神，要藉著各種慶典和廟會活動吸引更多的信徒，燃放鞭炮和各種陣頭表演就成了宣傳的工具，當然也要燒香和燒紙錢才能讓信徒安心膜拜。

以土地公為核心的神仙，也推舉擁有眾多信徒的土地公發聲反對不拜供品、不燒香、不燒紙錢、不燃放鞭炮這件事。

只見關聖帝君在座位上，獨自安靜的

看著《春秋》。因為關聖帝君上次在天庭已經強烈表達過不拜供品、不燒香、不燒紙錢、不燃放鞭炮這件事。今天，他倒暫時保持沉默。

玉皇大帝再度走回主席臺，示意要土地公發言。

「各位夥伴，對於冒然不拜供品、不燒香、不燒紙錢、不燃放鞭炮這件事，我們的看法有以下幾點：要維護傳統習慣，要考慮從事相關行業信徒的生計，要尊重神仙的自主權。大家再想想，信徒要慶祝你的生日，如果不拜供品、不燒香、不燒紙錢、不燃放鞭炮，這樣像話嗎？」土地公年紀雖大，思緒卻很清楚，論述也很有條理。

即便土地公上次在天庭也表達反對關聖帝君的提議，但當土地公說完這段話，現場掌聲如雷，久久不息。只見耶穌輕撫胸前的十字架，媽祖依舊半闔著眼，關聖帝君依舊沉浸在《春秋》中。現場氣氛有些僵，看起來反對的神仙佔絕對多數。就這樣，你一言我一語，看似一場沒有結論的高峰會。

此時，只見關聖帝君緩緩闔上《春秋》，輕撫長鬚，整理衣冠，從座位上站起來，趨步前往主席臺，與玉皇大帝竊竊私語後，要求大家先安靜下來。關聖帝君宏亮的聲音，讓現場一片寧靜，接著說：「各位夥伴，我們都是神仙，要全力以赴保護凡人的生命財產安全，也盡力實現每個信徒的願望。其實，在我臺北的行天宮，早就不拜供品、不燒香、不燒紙錢、不燃放鞭炮了，我的信徒早已習慣，信徒人數也不見大幅減少。我會要求各駐點寺廟逐漸落實這些作為。當然，一開始，確實會衝擊相關行業謀生的眾生，一段時間後，廟周圍的環境變得更清新更乾淨，反而吸引更多信徒來膜拜。我想以我的例子跟大家分享，最後，再提醒大家：神仙終究跟凡人不同，如果自認是神仙，就別老以凡人的角度看這件事。」

當關聖帝君講完這段話，耶穌首先鼓掌叫好，接著陸續掌聲響起，然後掌聲不斷……即便有些是不甘願的掌聲。

玉皇大帝指示各大寺廟的神仙學習關聖帝君帶頭示範，希望逐步

的落實到每一個神仙的駐點廟。

乾媽也同意神仙高峰會的決議，會議結束後，在回到凡間的路途中，乾媽要我聽候指示到媽祖廟裡來翻譯，並且運用最後一次神力，協助她改變村人拜供品、燒香、燒紙錢、燃放鞭炮的傳統習慣。

15 最後一次的神力

神仙高峰會後，在距離中秋節一個月前的星期六晚上，乾媽特地託夢要所有的村人到媽祖廟集合。乾媽很貼心的考量我要上學，村人要上班，特地挑在星期六晚上降駕。

不過，我心裡有數，如果乾媽要求大家不拜供品、不燒香、不燒紙錢、不燃放鞭炮。別說是村人了，我阿公和阿嬤應該也會持反對意見。

廟內外人潮洶湧，除了廟會和媽祖婆生日外，這是我看過媽祖廟最熱鬧的一次。阿碰仔叔公半閉著眼點燃一束線香分送給在廟內外的村民，還特地以麥克風廣播，要大家安靜，跟著他拜媽祖婆。完成拜拜的儀式後，阿碰仔叔公回到供桌前，我也站在他旁邊，這次，我手上多了麥克風。

阿碰仔叔公規律的搖晃著身體，隨著搖晃的節奏發出作嘔的聲音，我知道乾媽快來了。

阿碰仔叔公停止搖晃，雙手撐住供桌，開口說話。等他暫告一段落，我拿起麥克風說：「各位村民，上個月，玉皇大帝在天庭召開神仙高峰會，初步決議，由我和關聖帝君等幾個大家熟知的神明，先帶頭示範不拜供品、不燒香、不燒紙錢、不燃放鞭炮。減少天庭的破洞，也保護你們生存的環境，確保空氣的品質。」

「啊……什麼啊？媽祖婆怎會這樣說？」

「媽祖婆的意思是從此以後雙手合十來拜她就好了嗎？」

「這樣不是很奇怪嗎？」

「幾百年來都這樣啊！為什麼要改變這種傳統？」

當我說完這段話，村人不斷的拋出疑問來，甚至露出不可置信的表情。廟內鬧哄哄的，感覺乾媽這次「玩很大」，我偷看阿公和阿嬤，呆站在香爐邊，說不出話來。

阿碰仔叔公雙手用力擊桌，村民立刻安靜下來，然後他又喃喃的說了一段話。

我再拿起麥克風：「我知道，對你們來說，要改變這個習慣，需要一點時間。你們放心，雙手合十來向我祈拜，我還是聽得到你們的願望，在我能力範圍內，也一定想辦法達成。」

在廟口賣線香、金紙和鞭炮的啟明叔公自言自語的說：「怎麼辦？怎麼辦？我如果沒賣這些東西，該怎麼生活呢？」

乾媽似乎聽到了，又讓阿碰仔叔公說了一段話。我接著說：「啟明，我知道你的處境，沒關係，媽祖廟會負責你所有的損失，我請阿碰仔去找你，並讓你到廟裡來負責一些工作，給你一份微薄的薪水。」

啟明叔公點點頭，雙手合十。

阿碰仔叔公清醒後，廟內外人潮逐漸散去，他立即依照乾媽的指示，找啟明叔公談，也把廟內剩餘的線香、金紙和鞭炮打包。

隔天，也就是星期日上午，我和同學到媽祖廟廣場玩躲避球，好多種芋頭的村人，戴著斗笠進廟內，我跟著進去聽看看他們要向乾媽說什麼？

村人們跪在媽祖婆雕像前，雙手合十，向媽祖婆祈求：「媽祖婆，農曆七月底的風災，颱風吹倒我們大部分的芋頭，經過我們搶救後，有些已經活過來，但是莖太短，還長不出葉子來。跟不上沒被颱風吹倒的芋頭的成長速度，原本預計全部的芋頭可以在中秋節後採收。現在，我們損失可大了，懇求媽祖婆大慈大悲幫幫我們，讓那些被颱風吹倒的芋頭快點成長，到時候，連同沒被颱風吹倒的芋頭一起採收。」

說完後，村人心滿意足的離開，看起來像是得到乾媽的答應。

晚上，乾媽又來找我，她告訴我上次颱風造成村莊內即將收成的芋頭，除部分倖存外，大多倒成一大片，經過搶救後，有部分芋頭存活下來，但是莖變短長不出葉子來，必須要加快生長速度，才能跟上原來倖存的芋頭，乾媽表明需借用我的神力幫助村人。

我問乾媽：「那我要怎麼幫忙？」

「乖兒子，很簡單，要借用你的頭髮當成被颱風吹倒的芋頭的莖，才可以讓這些芋頭加快速度成長，和原來沒被颱風吹倒的芋頭一起採收。」乾媽向我說明。

我聽得一頭霧水。我問：「我的頭髮？怎麼幫啊？」

乾媽摸摸我的頭髮：「我先剃光你的頭髮，明天，我會讓時間暫

停，你就到芋頭田裡，找那些特別矮的芋頭。拿著剃下來的頭髮，一根一根的接在那些被颱風吹倒的芋頭莖上，我算過了，你的頭髮數量足夠成為芋頭的莖。」

「啊！那我不是會變成光頭了，唉！我會被同學笑啦。有沒有別的方法呢？」我內心是抗拒的，但還是問問乾媽。

「傻孩子，這是你最後一次使用神力了，就讓你的神力幫助村人順利收成芋頭吧！在我要求大家不拜供品、不燒香、不燒紙錢、不燃放鞭炮的情況下。藉由你的神力相助，也可以重新樹立我的威望和神蹟。就委屈你了，也拜託你了。」乾媽帶著堅定的語氣，讓我不得不同意。

我說：「好吧！犧牲我個人的外表，可以換來村人豐收和乾媽的神蹟，我一定會全力以赴的。」

乾媽的雙手摸摸我的頭髮，然後，用一塊大花布包起來。我摸摸頭，果真剃成光頭了，鼓鼓的花布裡，摸起來有刺刺的感覺，應該就是我的頭髮了。

清晨，陽光穿過雲層，我趕緊到村莊裡的芋頭田，依照上次使用

神力的步驟，輸入密碼後，逐一的檢查特別矮的芋頭。然後，從花布裡拿出一根一根的頭髮插在芋頭莖裡，直到全部的頭髮插完為止。

我的雙手和雙腳沾滿泥土，到田邊的水溝清洗乾淨後回家。

回家後，才看到阿嬤起床煮稀飯，阿嬤看到我光頭的樣子，目瞪口呆的問我：「你何時去剃光頭啊？」

「媽祖婆的意思啦！阿嬤，你就別問了。」我趕忙躲到房間去穿制服，整理書包，準備上學。

邊吃稀飯的同時，耳邊傳來乾媽說話的聲音：「乖孩子，你再一次使用神力幫助村人，乾媽代表村人感謝你，等等去上學，要忍受同學對你的嘲笑，不能生氣，不能說出你做的這件事，更別再說神力的事，委屈你了！」

我點點頭，眼淚從眼角滲了出來，彷彿聽到淚珠掉在稀飯裡清脆的聲音。扒了兩口稀飯，胃暖暖的，心也暖暖的。

兒童文學31　PG1775

媽祖婆乾媽

作者／何元亨
責任編輯／洪仕翰
圖文排版／周好靜
封面設計／蔡瑋筠
出版策劃／秀威少年
製作發行／秀威資訊科技股份有限公司
114 台北市內湖區瑞光路76巷65號1樓
電話：+886-2-2796-3638
傳真：+886-2-2796-1377
服務信箱：service@showwe.com.tw
http://www.showwe.com.tw

郵政劃撥／19563868
戶名：秀威資訊科技股份有限公司
展售門市／國家書店【松江門市】
104 台北市中山區松江路209號1樓
電話：+886-2-2518-0207
傳真：+886-2-2518-0778

網路訂購／秀威網路書店：http://www.bodbooks.com.tw
國家網路書店：http://www.govbooks.com.tw
法律顧問／毛國樑　律師

總經銷／聯寶國際文化事業有限公司
221新北市汐止區康寧街169巷27號8樓
電話：+886-2-2695-4083
傳真：+886-2-2695-4087

出版日期／2017年10月　BOD一版　**定價**／210元
ISBN／978-986-5731-79-3

秀威少年
SHOWWE YOUNG

國家圖書館出版品預行編目

媽祖婆乾媽 / 何元亨著. -- 一版. -- 臺北市 :
秀威少年, 2017.10
面 ;　公分. -- (兒童文學 ; 31)
BOD版
注音版
ISBN 978-986-5731-79-3(平裝)

859.6　　106013861

讀者回函卡

感謝您購買本書，為提升服務品質，請填妥以下資料，將讀者回函卡直接寄回或傳真本公司，收到您的寶貴意見後，我們會收藏記錄及檢討，謝謝！
如您需要了解本公司最新出版書目、購書優惠或企劃活動，歡迎您上網查詢或下載相關資料：http:// www.showwe.com.tw

您購買的書名：____________________

出生日期：________年________月________日

學歷：□高中（含）以下　□大專　□研究所（含）以上

職業：□製造業　□金融業　□資訊業　□軍警　□傳播業　□自由業
　　　□服務業　□公務員　□教職　□學生　□家管　□其它____

購書地點：□網路書店　□實體書店　□書展　□郵購　□贈閱　□其他

您從何得知本書的消息？
□網路書店　□實體書店　□網路搜尋　□電子報　□書訊　□雜誌
□傳播媒體　□親友推薦　□網站推薦　□部落格　□其他________

您對本書的評價：（請填代號　1.非常滿意　2.滿意　3.尚可　4.再改進）
封面設計____　版面編排____　內容____　文／譯筆____　價格____

讀完書後您覺得：
□很有收穫　□有收穫　□收穫不多　□沒收穫

對我們的建議：____________________

____

____

____

請貼
郵票

11466
台北市內湖區瑞光路 76 巷 65 號 1 樓
秀威資訊科技股份有限公司 收
BOD 數位出版事業部

（請沿線對折寄回，謝謝！）

姓　　名：＿＿＿＿＿＿＿＿　年齡：＿＿＿＿　性別：□女　□男

郵遞區號：□□□□□

地　　址：＿＿＿＿＿＿＿＿＿＿＿＿＿＿＿＿＿＿＿＿

聯絡電話：(日) ＿＿＿＿＿＿＿＿＿＿ (夜) ＿＿＿＿＿＿＿＿＿＿

E-mail：＿＿＿＿＿＿＿＿＿＿＿＿＿＿＿＿＿＿＿＿